千年之門

學院詩人群年度詩集

2001

The Academic Poets' Circle, Taiwan

簡政珍　　游喚

陳慧樺　　陳大為

唐捐　　　洪淑苓

林建隆　　汪啟疆

江文瑜　　古添洪

白靈

千年之門

2001 年學院詩人群年度詩集序

◎白靈

人類站在自創年代的整數關卡附近——比如2001，總有種迷思。回首已逝、翹企未來，既暗自神傷，又復願景盈心，但往往心驚肉跳多於躊躇滿志。比起艱苦登高，站在山尖那種空間征服感的暫時性眩暈與快慰，攀上時間的高處顯然較腳踏實地登頂的感覺遜色許多。時間堆疊的不是整塊泥土，而是斷續的事件和增長的年齒。如果不用影像或文字紀錄，事過則境遷，他日回想，四顧尋覓，不見當年「高峰」，難免恍如夢境一場。

而二十世紀這一百年，恐怕是人類有史以來以相片和紙張堆疊得最高的世紀吧，石塊岩片雖然散在四處，但想像中其累積的實際高度應該遠勝於世上任何一座山吧？唯沙石碎岩氾濫的程度也應已到達山之巔都堆滿垃圾、破片四處飄揚差點遮住視線的地步；要不是數位虛擬的晶片以乾坤袋的能耐適時收容一些的話。

2001 年，既是一世紀之門，也是千年之門，忽焉在前，瞻之卻已落到腳跟之後。像有隻無形手趁你不注意，就推你入了門，比起登山或攀岩，非你主動不可，否則誰能奈你何的心境，時間就有點宵小的行為了。除了入門前的千禧年（2000）猶有期待和安全渡過的慶幸之感，等到站在千年之門（2001）的當頭，整個世界的鞋履和衣襟似

乎陷在門樞的夾縫，差點掙脫不得。

此其時，高舉聖戰旗纛的狂人賓拉登以迅雷不及掩耳的速度，僅以區區兩架飛機即炸燬兩棟一百一十層的雙子星世界貿易大樓——可看作紐約的兩支門柱，造成近三千人瞬間化為肉泥和灰燼，其手法之殘暴及挑釁方式之「創意」，可說獨步千古。在千年的門檻上，堆出了一百八十萬噸的鋼鐵廢墟——最終是一個廣達十六英畝的大窟窿。這真是繼二十世紀共產理想崩潰之後，另一項人性、信仰、和種族間極度難解的大諷刺、大迷思和大課題！詩人和作家在門邊或門後窺視、整個心思和眼神被泡浸於媒傳之中，無所遁逃，又豈能不感受到筆桿與火藥槍炮間難以比擬的距離和虛弱？

相較前此兩年的臺灣九二一地震，其餘威更不可小覷，必然延續震顫，纏繞人們的口舌和筆端。它給人類的警醒和揭示，看來是一個百年甚至千年的老功課，過去那種唯美國馬首是瞻的做法正逐步瓦解和變形中。提高對土地自然、弱勢族群、不同種族、相異信仰的尊重和敬意，成了知識份子越來越共同認知到之「宇宙意識」的一部份。生命的發展和進程在宇宙間或許皆為同構，卻可能處在不同時與空的先後發展階段，儘可能尊重各地區各階段的「非並時性」差異，應是「宇宙的本然」，即使於地球上也不例外。要求一切系統的價值和做法都納於同一、除此之外即無可觀之事物，不僅無理，也難服人。

以是觀察近年詩之發展，於此千年之門周緣，顯現的正是此多元化後可能的面貌，再無所謂獨一典律、單一旗

幟或主流可言，也無詩人必經的門檻，不想用走的，則飛天或土遁均無不可。所謂「界限的模糊」，何止是國界和個人血統身分、動植物基因的混交而已，舉凡藝術的媒材、文學的類型、詩人的風格、語言，都可能既分散又統整、既單純又複雜、既文又白、既雅又俗、既平面又網路、既語言又影像、既嚴肅又戲謔、既男又女、既律德又背德、既遵循□□又違逆□□……，凡此種種均不難在晚近中壯及青年一代的詩人身上發現。

所謂學院詩人群，正是此種既獨立又聯合、既甘於□□又不甘於□□、既南又北、既文又武、既噤默又聒噪、既坐而言又想起而行的精神展現。成員不僅來自創世紀、藍星、女鯨、海鷗、臺灣詩學等不同詩社，有的同仁甚至「成份可疑」、「身份不明」，大大符合了前述「界限模糊」、「曖昧難以歸類」的最高原則！在他們的詩中，或敦厚或憤激、或嘲諷或刺諫、或歷史或現實、或親情或愛情、或責難或感恩、或遠寫或近描、或古或今、或軟柔或鋼硬、或冷處理或熱處理，既相互鼓掌，又暗暗較勁，真是千年之門柱前後一場熱鬧的詩展啊！

論者或謂，詩集或選本如此眾多，年度詩選亦不止一冊，何以年年仍自學院高牆翻身而出，必欲眾聲吆喝，所為何來？或可略答如下：然而以十人左右為度、集合每人一年創作，作一詩展，過去有何選集曾嘗試過？除學院詩人群外，似未之見也。短則可窺一年全貌，長則行之有年，更可了解詩人進展軌跡。何況壓力既存，詩人有所歸向，必然博積實力，奮勇創作、莫敢懈怠。加以身體力

行，有助於本行教學更行立體化、不致於隔靴搔癢！況且
借各大學地利之便，公開聚會朗誦、解讀，相互鼓舞並歡
樂「比武」，既收推廣詩藝之效，復鼓動學生有樣學樣、
激發創作潛能。推行數年以來，規矩形成，漸入佳境；如
此畢多元目的於如是「道具」，豈非一「界限模糊」、「功
能曖昧」、既此又彼的絕妙「文本」？是為序。

簡政珍

簡 介

簡政珍，台灣省台北縣人，1950年生。台大外文研究所英美文學碩士。美國奧斯汀德州大學英美比較文學博士。曾任中興大學外文系主任，《創世紀詩刊》主編。現任中興大學外文系所教授。著有詩集《季節過後》，《紙上風雲》，《爆竹翻臉》，《歷史的騷味》，《浮生紀事》，《詩國光影》(大陸廣州)，《意象風景》，《失樂園》(將出版)；詩論集《放逐詩學》，《語言與文學空間》，《詩心與詩學》等，並著有《電影閱讀美學》。主編《當代台灣文學評論大系文學理論卷》，和林燿德共同主編《新世代詩人大系》，和瘂弦共同主編《創世紀四十周年紀念評論卷》。

近 況

下學期將在中興大學外文系開「電影文學」，在中文研究所開「台灣當代詩與詩學」。明年「可能」出版一本詩集、一本詩論集、及一本「音樂欣賞美學」。

奔　馳

我在高速公路上奔馳
秋涼在玻璃窗外繼續季節的行程
工廠的白煙撩撥已經隱退的天空
鳥聲和記憶裡的青山
都在煙霧之外

我旅程的終點在那裡呢？
前面轉彎的護欄
歪斜地探望四周的芒草
一個坑洞在路面收集陰影
一部四腳朝天的跑車
以扭曲的軀體
守護裡面一張蒼白的臉

累世的記憶
提醒我要儘速踩剎車
但時間已在前面溜走
瞬間劇響
白色的煙霧從容消散
我看到成群的燕鳥
翻越綿綿的青山後

奔向藍天

也許那就是我的終點

《海鷗詩刊》復刊22期秋／冬季號

簡政珍……

之　後
——給李遠哲先生

我們在檳榔樹下回味土石流的時光
山洪搬走客廳，留下
一個沒有鍋鏟的廚房
有一些豬的腳印沿著桂花的香味
在尋找花園的去處
有些餘震追隨那面旗幟找到斷層

不是口蹄疫
也不是沿海定期翻白的魚族
在墜入輪迴前製造不安
千萬桶廢水及溶劑正在整頓河川
你為那一場增加誤會的表白
做一些反面的註腳
弔詭的語言已經讓海水翻騰
讓報紙聊備一格的求職廣告
沈澱成記憶裡的河沙

你是否因為陽光的留白
而忘記審視那些曲折的顏面
還是因為面對政治的酸雨

你鍍金過的臉龐已忘記鏡子的相貌？

既然烘托過煽情的場景
你無法在邊緣躲避傳播病毒的口水
當你放下身段，試圖將所有的喧囂
調成單一音符的旋律
要多少失眠的夜晚
才能讓難以解碼的現實說服意識的騷動？
能讓黑金退去光澤的言語是一則童話
燈亮的時候，又是一個黑暗時代的來臨

之前，你打翻了墨水
在這塊地圖上
塗鴉一個海市蜃樓

之後，我們每個月
定期聆聽一個穿戴紙尿布的政客
在記者會上宣讀小學生作文

創世紀詩刊 125 期 2000 年 12 月

之　後

我們在雨後的山坡
看到一條支解的街道，暗巷
延誤你的歸程，這不是失言的誓詞
或是選後的旗幟可以彌補的山路
季節過後，有些浪人在沖積的河岸規畫住宅
有人發現一塊上游飄來的巨型看板
上面的人像已經遺失

我要在雨後崩塌的山坡裡
構築一再被誤會的家園嗎？
所有的盟約在搖晃的大地增加了裂痕
我們的語音在雷鳴中強化了背叛的可能性
你要找哪一個單位爭論家應有的定位？
沿著檳榔汁走到斷裂的石階
就是你我去年納稅的去處

我要在山坡的背影裡
去探詢風雨和海峽洶湧的濤聲嗎？
據說那個燈塔投射的角度
正是鐵達尼號的盲點
所有的冰山因為錯誤已融化成水流

今晚考古的船隊和駱駝的行旅
都在打點星星的亮度
當你找到那一顆傳說中定情的信物
請注意黑暗中的海水已漲潮

《海鷗詩刊》復刊號21期，2000年10月號

簡政珍

之 後 (之二)

愚人節那天
我們購買許多秘密
在陽光陰暗的角落裡封存
不是為了記載日子，而是要在
土石流的斜坡裡檢驗滑行的速度

之後，我們常在陰雨的煙塵裡
翻閱書櫃裡的蛀蟲和冬衣裡的霉味
為了春暖，我們點燃所有的信件
成煙，成為憑藉風向的訊號
和夏日的前奏

蟬聲來臨之前
我們要改寫藍天陰霾的趣味
我們攜手走過的裂痕
將在雨水之後成為湖泊
雙槳書寫波動的水痕時
我們知道地殼再度的變動
會觸發你我一再躲閃的命題：
小舟要多少重量
才能承載彼此填塞的誓詞？　　創世紀詩刊2000年9月，秋季號

之　後 (之三)

清明節的前夕
我們又要去面對芒草的風姿
和那石刻的約定，在斜雨之後
在濱海公路的交通事故之後
我們以雙掌撥開荊棘，為了
前世的盟約和今世的誤會

若是我們以晨霧的面容
去探詢海流的走向，你在明晰的夏日
一定看到我來世的構圖
那又是一串串漂浮的驛站
和飛行器的轟然作響
我們將繼續以多彩的雲端
見證石板上歪斜的行草?

若是我們遵行迂迴的山路，展望
朦朧的山頭能在陽光露臉的剎那
延續山脈的走向和稀疏的炊煙
我們將沿著那條大地的裂痕
找回澎湃的笑浪
和震盪的海市蜃樓

若是我們必須履行累世的契約

這些都是無關緊要的書寫

創世紀詩刊 2000 年 9 月，秋季號

之　後（之四）

雨繼續下，沒有爽約的可能性
河水繼續改變行程，山喪失它的面目
有煙霧作證，有橋樑的隆起
在大地留下不同的說詞

你曾經在帳棚底下聆聽當年的老歌嗎？
風沙在樂聲中飄揚，雷聲在遠方伴奏
一條組閣的旋律在淤淺的排水溝裡迴盪
一個新臉孔在漏水的臨時建築裡凝結風霜

我們要在哪一棟剝皮的大廈約會？
以廣場四周選後折斷的旗幟為標誌
或是在那一片新騰出的空地交心？
你會不會在皸裂的十字路口迷失方向？

不要再以陳年往事說教
當千禧年清洗了電腦既有的檔案
我們在人事的大樓
已培養了威猛的病毒

自由時報副刊2000年7月6日

之　後 (之五)

「你知道樹枯老的感覺嗎？」
這是父親當年面對波濤的言語
之後，岩石以千瘡百孔
記錄這場水陸交接的對話，擔心
我患了提早到來的失憶症

我不曾忘記
樹根增添了肥料後
聚集了各種尺寸的螞蟻準備過節
那是大雨之後第一個放鞭炮的日子
我們卸下牆上父親的遺照時
母親患了關節炎的雙腳
在皸裂的磁磚上滑倒

之後，我們透過裂開的牆面
觀看倒錯的星宿，漏雨的閣樓
收養了一些遺失窩巢的雀鳥
夜晚，他們製造我們啁啾的夢境
怯懼地面對我手電筒的亮光時
他們終於想到老樹多年前的叮嚀

之後，左鄰右舍都拆掉房子
流浪狗多了一片覓食的空地
之後，空地召集了整個村子的蒼蠅
之後，斷層帶上蓋了一家大型孤兒院

老樹枯死的那一年
廣場上換了一面花色不同的旗幟

聯合報副刊 2001 年 1 月 10 日

中國時報人間副刊 2001 年 3 月 1 日

叮　嚀

窗外的鳥聲有吵雜的人聲作證
不是大選後的哭泣，也不是不安的叮嚀
氣象報導已經都是斑爛的天候
不要問我柺杖遺失何處
也不要問我長廊的輪椅將溜向何方
兒啊，我只要你拉開佈滿塵垢的窗簾
讓我看一眼長期爽約的太陽

離去之前，請將這個裝滿餿味的花瓶
送給那個忘記笑容的護士
醫生來的時候，請他稍待片刻
讓我準備就緒，準備
騰空這個色彩過重的房間
並向他致謝，讓我一年來
錯失了島國繽紛的政治倫理

也請你在報紙登一則分類廣告
有誰要這一條過度漂白的床單？
至於床頭櫃子裡的蟑螂
不要再噴殺蟲藥了
感謝他們夜晚以搜尋食物的聲音作伴

讓我凝視黑暗時，有點異味的思維
至於櫃子裡那本蟲蛀的聖經
請你補上脫落的頁碼

至於天國，既然越來越遠
即使不要那副老花眼鏡

我也不會迷失
兒啊，離去時
請不要干擾我和鳥聲啁啾的對話

聯合報副刊 2000 年 9 月 3 日

無法投遞的書信

為了追尋白日的錯誤
午夜醒來，於是
一張完成的信紙找不到信封
訊息要從閃爍的桌燈決定語碼
電腦螢光幕翻閱的
都是一張張虛幻的紙張

午夜的文思猶如穿透睡衣的露水
昨日的晨光在上游洩洪
掩沒了報紙選情民調的漣漪
下游準備要在地震前確定瀑布切入的角度
因為，流水總是在斷電後洶湧成你我的危機

一條小蟲迷戀一條失去源頭的蜘蛛絲
一個需要安撫的意象在光禿的樹梢招引小鳥
天堂據說在雷鳴和閃電後遺失了地址
神祇暫時在街頭巷尾流浪

你要探詢蜈蚣的走向嗎？
每一個節都是一個車站
每一個車站都在雲彩裡懷念濃煙

因為少了東風，所以少了災難
因為有了煤渣，有了悠遠的隧道
我們的約會在那裡？
且問那一列滿載露水的無頭列車
今夜的歸宿

聯合報副刊 2000 年 3 月 2 日
世界日報 2000 年 4 月 27 日

簡政珍……

若　是

若是未曾經過地殼的變動
我也許聽不到那隻跛腳斑鳩
忽隱忽現的呻吟
翻轉著滾滾紅塵

若是我在早衰的新芽裡
看到地球的行進錯失了站牌
我會在這裡世世的翹首
盼望那不知方向的旅程？

若是我在暮色中
想去追尋彩雲撒下的種子
天空會適時喚起雷鳴和閃電
為我的錯誤作災難的註腳？

若是能在剃了光頭的山頂上
看到心靈累世的構圖
小溪從不曾呢喃
天空從來就沒有聲響
那一個我
在這裡做無謂的觀照？

普門雜誌245期2000年2月

送　別

簡政珍

送走巴士的黑煙後
我就在地下室躲避變化的天色
妳將在色彩繽紛的雲天
似睡似醒，分不清
這季節性的穿梭
是歸或是別的旅程

回來後
一對杯子還在茶几上對峙
洗碗筷的水流
冰冷地從指尖滑過
盤碟上油膩的形象很難洗盡
跨過千年的初春，冬天的身段猶在
放開熱水竟然燙傷了手指
要找紅花油
才想到它已經陪著妳
沒入晦色的天際

突然，冰箱聲音大作
原來，妳走後
裡面的食物已空

自由時報副刊2000 年 2 月 14 日

下午茶

琴音在對面的灰牆上
塗寫看不到的文字
初秋的旋律在微風中打轉
一則報導股市的新聞
墊在茶几上
滿溢的茶水濺濕了
部長慌張的臉孔

地上爬滿了螞蟻
缺水的日子剛過
是否有一則洪水的消息？
空氣和熱水瓶同樣的氣壓
茶葉隨著午後的光影擴大
日暮時分
喝了最後一泡苦茶後
我們在床下
找到一個氣勢磅礴的螞蟻窩

自由時報副刊 2000 年 11 月 25 日

游　喚

簡　介

游喚，1956年生，大學時期參與創辦政治大學「長廊」
詩社，其後加入大地詩社，與李弦，陳慧樺，古添洪諸君遊，
八十年代先後受邀加入陽光小集與創世紀詩社，九十年代與向
明，蕭蕭，白靈等詩友創辦台灣詩學季刊，撰寫詩法院專欄，
游喚在中文研究所，受業於潘重規先生門下，專攻文選學，又
受業於胡自逢先生門下，學習易經，博士畢業後，曾任教於靜
宜大學，成功大學，中興大學等校。現任彰化師範大學國文系
所專任教授，有關現代詩著作論述與獎項有：《游喚詩稿甲
集》、《慢跑——游喚詩稿乙集》、《文學批評的實踐與反
思》、〈現代名詩賞析〉《大專院校現代詩精讀》等。曾獲《中
外文學》現代詩獎、時報文學獎等。並主編新大學叢書、新韻
叢書。游喚近年亦積極參與網路詩試驗，自設網站，自己設
計，編輯，並嚐試多媒體與程式學習，目前主要入口網站，有
〈游喚網站總台〉〈游喚詩網〉等，

☆網址：http://www.tacocity.com.tw/huli

http://www.tacocity.com.tw/yuhuang

E-Mail:hc456789@ms15.hinet.net

看　櫻 (二題)
——給妳七行

1 最紅

脫衣　最紅
青青小葉
細細硬枝
懶懶靠著大白石
紅透了
剩下包住的一點
最紅最濕⋯⋯

2 雙瓣

一邊開一邊寂默
一邊等一邊流放
兩邊開兩邊都謝
兩邊長葉兩邊春意

放出去血
放出去細絲
放出去雲與女人之姿

寫于暖暖2001 年3 月26 日

大　人
——寫於暖暖

樹要成長非關有心無心

河要擴張為了要找樹的想法

我來巡視

我來看

我來

我緊緊咬住天之旨意

我卜我算

我命令

我有密詔

我抱著樹與過河

這是唯一不須神秘的行動

看花詠
——給妳七行

1 並蒂連心

向左或向右向妳不去的姿勢

向白或向黑向妳手心看齊

一滴小露清清洗過

又一滴清淚重重裝飾

好心連著好痛

好根連著好酸

好葉開著清狂

2 榴開百子

清石能抓住墜落

一點傷痕流過青苔

妳忍心包住燦紅而含羞

妳又真心裂開沉默而走向公開

留一留繫絲且來反思

土石要流浪

山崩，我來一一掃掃

寫于暖暖2001 年 2 月 2 日

雙子星

——寫於暖暖

狠狠的炸開一張撒旦的臉

提供晚餐

飲下春酒

灰塵讓我醉

我紅遍的影子很想靠到窗下

問妳積木在不在

我送妳的野薑花已回到它的故鄉

童年那張地圖不久要收回

因為星星又多幾顆要數一數

大　人

我來看世界
人心
春花
我

糯米師

一腳踢出虎拳最後一招，草草結束猴頭坡下械鬥，赤腳與
石頭相親一輩子
隔壁村長呼小童來請面子與裡子，有禮與有紅紙，代表今
秋臂力尚夠
拼搏到明春風濕有藥可醫
一手甩出土拳最後一步架式
碼步蹲緊，沒有馬騎的近代鄉土，糯米師已習慣展現這招
式
小童看出其中的學問大
大人看到了糯米師偷偷掉淚
消息可惜來不及割稻就給一股寒流吹熄了
糯米師對徒弟如春風很快會再來
鬢白如故鄉的霜
糯米師到底祖籍何處
這問題比虎拳土拳更難考證
糯米師真的只剩下拳腳與影子

framest

那小女孩無心地丟下一張紙，清風攤開，一棵小草點讀
之，無邊大草原，什麼樹都沒有的青空下，只需輕輕一
點，迅猛又驚爆又酷斃了
立刻連到主要畫面，有跑馬燈的聲音　閃爍，
立刻連到主要畫面
顯示一棵羅漢松
粗粗的，什麼都沒有的左邊天空，
那姑娘懶散地，淡施脂粉，用昨夜的巧手撥開清晨，落地
窗過去是一片小草原過去是幾戶人家，那姑娘擺出春天的
姿勢而用冬天的眼神看什麼都沒有的窗外，立刻連到一張
紙上，寫著：一棵羅漢松日日面向紗窗苦讀，青苔蓋滿整
個畫面，羅漢松的頭都已白了，芒花開了，那小女孩頃刻
之間看到畫面上，
自己漸漸淡入又閃爍著水漣漪，

蝴蝶蘭

那年輕的獄卒自從看完長頸鹿以後，夜夜不再跟著囚犯們張望，乃改變新的超現實手法，日日觀看一朵又一朵蘭花，她問花兒，為何泉水總在激情過後才順暢地灌溉一堆形式，她又問花兒，為何妳叫蝴蝶，蝴蝶剎娜間飛起來，飛入路邊的女子身體，那女子因為植入一朵蝴蝶而美麗起來，日日夜夜她只想到飛的問題，

飛

飛

鳳凰樹在走路的時候乃愈來愈紅

御花園

所有的花有沒有被看，這問題不重要，關鍵在遊客會用種種新科技手段，包含單眼相機，數位相機，攝影機，以及任何一切……把整座花園搬回家，繼續封存著，封藏著，保存好好一世人，鍾愛一生，終於完成過去幾乎不可能的夢，這就是今冬最想的一場新夢，

那婦人渡海而來，複雜心情下，挽著她的兒子與兒子不知道的夢，極勉強地購好門票入園，她們一路吵著看那不懂的花，只有珍貴兩字，她們累了，蹲坐到摛藻堂前御階下，手劃著地磚，很累很無聊地想要再看什麼，遊客實在太多了，但只有她們渡海而來的母子，極其勉強而痛苦地手劃著地，

管理員問：禁止劃地，

管理員又問：這地上的每一塊小磚都拼成不一樣的花與動物，要好好保護，

終於那婦女挽著兒子的手，站起來，無趣地又渡海而歸去了，遊客實在太多了，請問：

雲啊，妳是誰，

菱角花生

一面牆壁像古代那般厚，只差沒有粉刷，如此可引來一堆
人，及一群浮遊的人生，至於人生可分居人的旅遊與行人
的旅遊，二者只需一面牆就足足可以思考某些已經不再想
的花與吃的品類或者關注，菱角帶來入秋以後最硬的思
考，花生擺著，用眼神作攤子，它近看很像一粒一粒肉，
把花生與菱角寫在一起，行人果真注意這是什麼季節，我
們似乎很亂的一陣子，要把過去的美學重新革命，哦，素
樸，

現在匆忙的行人愈來愈多，菱角與花生也愈來愈多，花生
要找到買它的人，買它是一種鄉土，菱角也要找到採它的
主人，採到僅僅剩餘的泥巴，哦，知識份子

當兩種人與兩種食物結合的秋天，有些亂，有些亂，有些
看不懂，有些自然，近來的美學早已不再流行混沌，現在
流行些什麼，一面牆總算還能遮住些什麼，一群失業的人
搬走了，留下心靈靠著一面牆，行人天天飛奔而過，是否
依稀看到那面牆，她們之中，有那一位真正停下來買一包
花生或一串菱角，這樣很美的動作在秋天不也是更美麼，
哦，知識份子與賣菱角花生者一齊叫賣著：秋天，

車　票

當一群人來領車票的時候，一位童稚般卻又裝作大人樣的
小孩突然喊出，這根本不是車票，它是從永康到保安的紀
錄呀，

當主席把一張一張獎品頒給一隻一隻手的顫抖，幾張臉無
助而又憂鬱地盯著銅像已泛黃而又枯萎的眼神，融合一起
的等待，忽然一顆心靈已經很久沒有感動的動了一下，問
著問著，到底值多少，他不自禁地靠向高高牆邊，

當一張一張車票被收藏起來不再等待坐車的一刻，

有誰再去想到車票從哪一站到哪一站，

冬風強了

街頭靜了

下一站也許到達無名的墳地

流星雨

院長說小時候的眼光與現在不同，只有天空依舊給人們驚
喜，

上山的人潮等待墜落，下山的人潮 追逐歲月，一些人則
冷冷的看著頭條新聞，

島嶼慢慢在縮小，星星像一場夢般無奈又回到它自己的圓
周

老教授不記得有多老，他仍然哼著哼著密碼如交響樂散開

漸漸漸漸睡過了讀經年代，只讓電視畫面保留空白

哈里路亞，你多久沒感動與被感動，牆壁沾了好久好久的
夜光

有夢的時候偏偏夜不開啟，院長向老教授招手招手招到了
一堆鼾聲

不久，各自回到流星的話題，今夜的早報已濕了又濕

濕濕院長說小時候的眼光與從前不同，只有天空依舊給人
們驚喜，

上山的人潮等待墜落，下山的人潮 追逐歲月，很少人則
冷冷的看著頭條新聞，

島嶼慢慢在放大，星星像一場夢般無奈又回到它自己的周
圍

老教授不記得有多年輕，他仍然哼著哼著密碼如蒲公英散
開

漸漸漸漸睡過了讀詩年代，只讓電視畫面保留空白

哈里路亞，你多久沒感動與被感動，牆壁沾了好久好久的夜光

有夢的時候偏偏夜不開啟，院長向老教授招手招手招到了一堆罵聲

不久，各自回到流星的話題，今夜的早報已濕了又濕

濕濕院長說小時候的眼光與未來不同，只有天空依舊給人們嘆息，

上山的人潮等待墜落，下山的人潮 追逐歲月，太多人則冷冷的看著花邊新聞，

島嶼慢慢在收縮，星星像一場夢般無奈又回到它自己的圓周

老教授不記得有多老，他仍然哼著哼著密碼如交響樂散開

漸漸漸漸睡過了讀經年代，只讓電視畫面保留空白

哈里路亞，你多久沒感動與被感動，牆壁沾了好久好久的夜光

有夢的時候偏偏夜不開啟，院長向老教授招手招手招到了一堆鼾聲

不久，各自回到流星的話題，今夜的早報已濕了又濕

濕濕院長說小時候的眼光與現在不同，只有天空依舊給人們驚喜，

上山的人潮等待墜落，下山的人潮 追逐歲月，一些人則冷冷的看著頭條新聞，

島嶼慢慢在縮小，星星像一場夢般無奈又回到它自己的圓周

老教授不記得有多老，他仍然哼著哼著密碼如交響樂散開
漸漸漸漸睡過了讀經年代，只讓電腦畫面保留空白
哈里路亞，你多久沒感動與被感動，牆壁沾了好久好久的
夜光
有夢的時候偏偏夜不開啟，院長向老教授招手招手招到了
一堆罵聲
不久，各自回到流星的話題，今夜的早報已濕了又濕

磁片 1

插入風景插入山插入虛擬的水
插入顫抖的手與心相連與密碼
插入青春檔案老年資料夾空間
有酒聞不到
有愛摸不清
妳的住址啊
今夜太薄了
什麼都沒說
僅僅送我一
張冰冷冷的
密碼等待我
開啟妳的身
體像程式運
作一般我只
想聽妳叫為
什麼為什麼

磁片 2

何 何 塞 手 傾 沙 沙
　時 時 入 也 聽 沙
中　 再 我 我 動 了
無 間　 存 開 自 了
無 記 不　 入 啟 己
流 風 憶 要　 妳 妳
我 浪 雨 了 洗　 妳

龍舌蘭

下山

地震之後的小徑又被青草佔領了．新的小草羞於被人踐
踏．被人唾吐．被人遺忘．她有一種努力找尋故鄉的勇
氣．爬坡．陷谷．巧遇一棵斷手的青松．躲到一群牽牛花
紫裙下．小草找到了亙古以來她祖先記憶的彩虹．猶如青
空忽然墜下的圖騰．小草們終於找到了她們要拱衛的地
標：龍舌蘭．每天早起登山的老翁唸著唸著且讀著這塊標
語
上山

鑲邊鐵莧

植物名‧莧科‧一年生草本‧高二三尺‧葉互生‧卵圓形‧柄長‧初秋自莖稍抽花穗‧開細小黃綠色之花‧莖葉供食用‧普通常食之馬齒莧為其一種‧〈說文〉莧莧菜也‧從草見聲‧〈陸游秋近詩〉石榴萱草併成空‧又見牆陰莧葉紅‧

地震以後‧老教授一生的學問‧並沒有幫他忘記山水‧他一直研究萬物的變化‧但沒想到受傷的山路開展這樣一棵待考證的花‧累了累了‧他喊：我的名我的名‧

野鴿子人家

炊煙升起黃昏．烏溜溜的大捲尾鳥叫出晚霞．回家喔回家喔．鄉下老叟喊出野遊許久尚未歸巢的浪子．

第一隻野鴿啣來了兩片落葉

第二隻野鴿啣來了一叢枯草

荔枝樹上．咕．咕嚕咕嚕的討論聲．每當無聲的黑夜．老叟的夢很深了．他感覺浪子的心聲近了近了．浪子暗示著家園的重建．

第三隻野鴿啣來了幾響煙聲．並且．未經批准．兀自與友伴們一齊住進簷角邊落籍為戶

荔枝園

晚近有關果園的最新場景‧只有在月色之下還能長出樣
子‧讓冬陽留點空間休息‧至於園內包住些什麼‧譬如一
株荔枝主幹‧竟然分散出猶如蛇一般長句的姿勢‧姿勢‧
姿勢‧

　　果園裏面有些什麼‧正猶之乎一根白髮‧起先是光明
透亮‧而後一夕之間‧改變美學‧用一根集中精粹的白‧
隱藏在一叢烏髮中‧有誰真去把它揪出來‧那是正當心靈
放假的一刻‧不小心‧把荔枝園改建了‧

晚近有關兩件事合在一起之考證

荔枝園是大地的烏髮

蛇是園中隱藏的白

枝幹是心靈支柱

時空改建

無須申請

我正好住在荔枝園邊

季節很明顯

我的心情像等待一根白髮般透明

野薑花

從溪邊移植到牆角下．以前．她有水聲作伴．蜻蜓為友．
山谷共住．整座森林的神秘包圍她．從高山搬遷到破屋
邊．她失去大片青空．她遺忘雲的衣衫．她丟失山巔的恐
懼．野性．
住到園中去．住進人工石邊．緊偎著剝蝕．緊靠著讚嘆而
混雜絲絲虛偽的訪客．堅持吧．只有一種色彩．單純至精
的訊號．純白豐富了一切．堅定地．莫下垂．即使累了．
也飄散全部的白……

寂靜的河堤

移植不久的行道樹．因著選舉活動剛結束．不久．也結束
了它的符號價值．河堤整治時．野花忍了很久．野草苦了
更久．還有更久的是泥土奮力尋找象徵的悲痛．

霧退去．河的肚子露出來．狗尾草叢裡沙沙沙沙的律動．
配合散步者的心聲．一路一路捱著迷茫的方向．河．沒有
水．但奔放著水聲．散步者無心．只想著魚骨頭的姿勢．
亮白石頭．灑滿河床．從霧退走的隙縫．亂石是霧的骨
髓．

散步者猶踩著每天清晨的寂寞

堤岸上不再有腳印爭吵

河的全部問題

在選舉結束後

只討論水聲

河聲已忘記

散步者捱著堤岸．遠遠看見一隻河鳥．久久未見的河邊守
護者．他沒有叫她．只用手勢招了一招．一個快速而沒有
聲音的動作．淹沒入河的心臟．散步者終於也走入最慢的
一道霧流．消失在寂靜的河堤邊．

望高寮

雨又下著下著下著‧在分不清苔石路與雜草的方向之後‧
雨又下著‧然而‧我似乎看到下著的雨逐漸變形‧一隻黑
冠麻鷺兀立在遠處‧

雨在她的身上停住‧停住‧她穿著自然的雨衣‧她什麼時
候把雨帶走‧帶走‧她一旦帶走雨‧就連同我最後安排的
蒙太奇也消失了‧

一直登高‧不能再登的這一刻‧繼續再登‧那是為了滿足
高的滋味‧沒想到‧雨下著下著‧把望高寮的遠景遮住‧
只剩黑冠麻鷺身上的雨飛走‧

雨又下著下著

雨在誰的身上停住

雨一直登高‧那望不到的一點‧雨變成一件簑衣

等待我把她穿上帶走

陳慧樺

簡介

　　本名陳鵬翔，廣東普寧人，1942 年生。早年曾用過林寒
澗和林莪等筆名。中小學俱在馬來半島北部的覺民中小學畢
業。大學研究所專攻英美文學，1979 年在台大獲得比較文學
博士。曾任台灣師大英語系講師、副教授、教授，任教英美小
說詩歌及理論等課程，並兼國語文中心文化研究組主任、校長
室英文秘書、外籍生輔導室主任以及英語文中心主任等職。曾
為中國古典文學、比較文學、美國研究以及英語文教師學會
理、監事等，現為中華民國英語文教師學會秘書長。1997 年 8
月起轉任世新大學英語系教授兼系主任。

　　在校時曾與友人創辦星座詩社、噴泉詩社和大地詩社，並
合編《現代文學》。1983 年赴美國夏威夷大學訪問一年，1995
年初赴耶魯大學和加拿大奧伯塔大學當訪問學者。在比較文學
及文學理論上頗有建樹，提出比較文學中國學派的主張，以開
拓學術主體性。長期勤奮寫作，著有詩集《多角城》和《雲想
與山茶》、散文評論集《板歌》、文學評論集《文學創作與神界》
和學術論著《主題學理論與實踐》（2001）。編著有《主題學研
究論文集》，合編有《從比較文學的墾拓在台灣》、《從比較神
話到文學》、《文學‧史學‧哲學》、《從影響研究到中國文學》
和 "Sinology and Cross-Cultural Studies," Special Issue of
Canadian Review of Comparative Literature 24.4 (1997), "Compar-
ative Studies of Chinese and Western Feminism/Femininity,"

Tamkang Review 29.1 (1998) and "Feminism/Femininity in Chinese Literature," *Tamkang Review* 30.2 (1999) (last two with Dr. Whitney Dilley)和《二度和諧——施友忠教授紀念文集》（2002年）等書。中英文學術論文六七十篇散見於國內外權威學報及雜誌。事蹟被收入《中國現代名人錄》、《世界華人文化名人傳略》、《中國當代著作家大辭典》、《台港澳暨海外華文新詩大辭典》等。

在茨廠街讀報／迌迌

陳慧樺

要來的原慾終究攢出鬚芽來
飛彈咻咻地飛成地平線上之紅河
星州日報斗大的紅字
「英美猛轟伊拉克」
招搖成了攤販的叫賣聲

早晨還是淅淅瀝瀝迷迷濛濛的雨季
打陽傘的詩意小情人親親暱暱
穿插上趕路的中學生嘻嘻哈哈笑
可行人都冷漠成剝落的店舖牆面
瞪了一眼那幾個斗大的紅字
趕路的趕路、躑躅的仍在咿哦

我踩過路旁遺落的垃圾污垢果皮屑
引頸想像昨夜與今宵的訣別
叫賣聲、觀光客、黑人、白人、皮膚的顏色
我冷凝地走過蘇丹街去找「商務」
折入茨廠街去找樹薯與番薯

抬望眼，中華大會堂已映入眼幕
右邊直瞪著空濛的陳氏書院

身後那七個大字可越來越大
都長出了足踝與鬚芽
在茨廠街（Jalan Petaling）迤迤

（2002.09.07 吉隆坡；2002.09.27 台北改）

＊「茨廠街」為吉隆坡Chinatown 的代稱。

佇立蘇河畔

蘇河彷若不受到空濛之干擾
濁黃安穩抗拒著穹蒼一沙鷗
下午兩點鐘悄悄然
那一道拱橋已跨過了河面
把津渡碼頭（ferry）還給了歷史
並還拂去嘟嘟聲中欸乃聲中的烟霧
據說對岸紅樹林間還窩藏幾張鱷魚皮

沿河這邊街道上
各色皮膚躑躅著歷史
大眾茶室滲出本土咖啡香
龍群旅遊呼喚空濛中之海鳥
潮州會館伴倚著永春會館
韓愈呼喚著余光中的詩情前來跳狐步
張發陪著我抵達入海口處
揀拾河畔的幾粒沙石和白垚的影子

(2002.09.21 於新；2002.09.27 夜改)

＊1959 年初，馬華詩人白垚到憩河入海口處眺望，作有涵意隱
晦的新詩〈蘇河靜立〉一首，發表在《學生周報》上，被譽為
開啟了馬華現代詩／主義運動之鑰。

金文泰樹蔭下

百無聊賴地坐在金文泰（Clementi）一棵樹蔭下
目瞪光滑閃亮的不銹鋼欄杆
看黃泥地上螞蟻串成長龍在搬家（赴極北）
一隻紅蟻爬上右手臂向我叩問
何以不在遙遠的國度歡度假日
竟坐在樹蔭下怔忡幹啥？
你何不抬頭張望一下枝椏間匱乏的文化
竟去聆聽壕溝外不斷吼叫的金龜子？

另一棵樹蔭下
此時坐著一個吉陵人，穿著白綠間雜的襯衫
他低頭也在看螞蟻串成長龍
（雷聲下午就會滾動在地平線上）
也有一隻紅蟻爬上他手臂向他叩問
你今天何以會坐在這棵樹蔭下納涼？
他冷冷地向我瞪了一眼走開了
然後同一座位來了一個馬來人，胖胖的，著雜花色襯衫
他也冷冷地向我投擲眼珠子
十分鐘後也走開了

他們都冷冷地把我拋在遙遠的地平線上

在金文泰一棵樹蔭下
在聆聽流竄在枝椏間的流行文化
而遠方導彈和雷聲已快滾動了

（2002.09.21 於新；2002.09.30 改）

陳慧樺

船艙外的女屍

她可不像是愁予的女奴
夜沉了才懸掛在窗外絮語摩挲
痴痴地等待腰肢被攬成後現代的錯誤

夜空似乎已寂滅了
船舷早已撫平了江面的漣漪
你是女奴脫軌的靈魂
痴痴地黏貼在窗外、傾斜成一對蠱惑的熒光
欲向我追索前世未竟的纏綿
抑或來生正要萌發的海誓山盟？

哎呀咦，怎麼會是她頻頻輕叩夢陲
一個尚未孕育成形的倩影
意欲闖成一道日常生活的甜甜蜜蜜？
船艙外及船艙內
都成了咬緊魂魄的拔河纏繞
我是否該脫殼而去把她攬入懷裡來投胎？

（2002.09.29-30 台北）

註記：今年八月初，四川合江上有一條船翻了，死了二十幾個
人。其中有一個女屍似跟我們同遊三峽的一位朋友有「緣」，
有一夜竟黏隨其窗舷外徹夜不「放」，可他竟未把此事告訴船
長停下來打撈！

陳大為

陳大為，1969 年生，師大國文所博士，現任台北大學中文系助理教授。著有：詩集《治洪前書》、《再鴻門》、《盡是魅影的城國》，散文集《流動的身世》，散文繪本《四個有貓的轉角》，論文集《存在的斷層掃描——羅門都市詩論》、《亞細亞的象形詩維》、《亞洲中文現代詩的都市書寫》；主編《馬華當代詩選》、《馬華文學讀本 I：赤道形聲》、《天下散文選》、《當代文學讀本》。

2001 年一共發表了 13 首詩，近 600 行；在 6 月出版了第三本詩集《盡是魅影的城國》，之後就為第二本散文集努力，從零開始儲蓄新的篇章。同時也在打造新的詩風，第四本詩集打算呈現跟前三本不一樣風貌。這一年多以來，寫了長長短短的幾篇評論，企圖跨入散文和武俠文學的領域，不想固守在詩評裡頭。此外，還跟幾位在吉隆坡開設美術學院的畫家朋友合作，將幾篇散文改寫成文學繪本，其中一本已經出版，其餘的也快了。今年的寫作計畫會比去年來得重，希望能大幅提高創作的質量，但以散文為主。

我的南洋No.1
我出沒的籍貫

必須用「出沒」來形容我被動的籍貫
山水肥碩　稱不出重量
「甲天下」只是半句崇高的荒涼
表格倨傲
盤問我遊離的筆
我草草填下　素未謀面的「廣西」
勾選外僑　說明國籍
區區一張表格令身分塵埃大起
魯莽的漢字黯然徹走
我的麒麟　退守粵語的上游

在水墨之前　如書生負手
按節氣
揣度垂垂老去的神州
我試圖構想　一個大風起兮的時代
國族論述　那時還骨瘦如柴
桂林只是羞澀的一株芒草
出沒　在履歷背陽的山腰
話說后土在下
不過區區十八劃

竟敢私通我的思緒
誘我夜行　著黑色像忍者一樣的緊身衣
帶著記憶的勘誤表
我循入移民史的大章節
竄出斜風細雨的小詩篇
我的身世　果真始於四個無聊格子
一格便是百年

回到書房　我一一翻閱
這些年來讀過的書　漏讀的雜誌
把時代壓縮到組詩可以承載的byte數
每一段　個別分攤
大小不一的草鞋　船票　橡膠林
我不願用尤魚來譬喻那風乾的地理
扔進歷史的蒸籠
還它甲天下的體重　和水分
我要在別人問起的下一次
大聲回答：
當年爺爺就坐那艘叫白鯨的洋船
季風的鹽分有七斤十三兩
諸如此類
整數一樣的答案
我必須學會
用「甲天下」來修飾我出沒的籍貫
讓粵語　道出超重的江山

我的南洋No.2
別讓海螺吹瘦

別讓海螺吹瘦我祖傳的廣西
我忙著架設山水
使時間的結構更為深邃
調整夢　和文字的枕頭
返回一八五〇的太平天國
跟洪秀全一起策動高溫的動詞

造反的主題
自隴畝高高躍起
我正好看到
先祖憤然拔刀的手腕
竟比瘦田裡的地瓜修長
我知道　這是一個無法歸納的南方
馬賊在村落與村落巡迴
飢餓　在碗與碗
這場景需要插畫來說明
到底有多貧瘠啊大清的黃昏

歷史從上一段跳到很遠的地方
才接回來

窮了廣西　也死了石達開
天國的敗寇往木的部首竄逃
南方的南方
雨林把史料埋得更加凌亂
我在婆羅洲的扉頁
遇到天地會的工蟻
開挖著砂勞越的礦區
石龍門乃最不安穩的地名
動不動就起義
成為期末考最頭疼的一題
這是鳳鳥不至的地盤
犀鳥的南方
這裡竟盛開著亂臣賊子的桃花

我進一步架設山水
較細膩的部位
氣候是兩廣夏天的再延伸
猴子寫下兩岸啼不住的新版本
錫礦指出蓬萊的位址
帆起帆落
先祖留下大規模的水紋
在生活與戰火的夾縫　把夕陽夾穩

可我無緣
目睹「豬仔」賣身的苦契約

只聽說「新客」攜帶了多少的黑鴉片
在大清朝的版權頁
我聽到一枚憂心忡忡的海螺
向南的甲板　有飛魚
飛過

暴雨將至

陳大為

暴雨將至　刀光校對錫的編年史
完全英屬的馬來半島
醫學在此
與巫術同居　憧憬和危險平行
輕金屬的舊世紀
一枚錫幣演唱信史的全部內涵
我的敘述剛剛抵達
拿律這小鎮
蝟集了第一次移民潮的兩萬大漢
方言卯上方言
時間是一八六二　日子黑白相間

不知是誰啟動了暴雨
客家的刀　廣府丈八的長矛
從檳城迢迢南下
我嘗試想像一座慘烈的拿律
但戰場
簡陋得只有數字在舞爪
沒有史官在旁
記述兵器　和鬼魅的游擊

百來字的史實　奉為華校必讀的版本
「數百個人喪生」
乍看　很像《春秋》吝嗇的筆法
數百個漢子姓名不詳
死就死了　頂多一行

一九〇一　半數興奮的華人被寫進
錫產最豐富的那一章
近打谷　在拿律以南數十哩
亮出甲天下的錫含量
成為龍　和獨角獸的戰場
接下來的故事需要大量的軟插圖
粗暴的硬註釋
請原諒我
晚了七十年才急急趕來
礦湖的對岸僅存英屬的舊鐵船
守護著獨角獸的老意象
至於龍
早已敗退到詩的最邊疆

一九〇一　其餘十幾萬華人被滴進
茶壺　和膠杯的農曆
嘉應會館　正烹調著它的百年紀念
工業煮沸了橡膠的好價錢
那個叫陳齊賢的商賈

就這麼起草了一部膠的編年史
增值和減產的數據
起伏如丘陵
此刻我需要幾隻鼠鹿　當伏筆
跳接我的敘述
準備潛入暴雨柔軟的腹部

我的南洋No.4
歲在乙巳

歲在乙巳　生肖屬蛇
爺爺在族譜登錄了「達揚」這名字
待我換算成公元一九〇五
已過了近百個　風風火火的春秋

風風火火
歲月的行書在我思索的平原掠奪
一些獸　渺小地逃走
一些矮樹吹響躊躇滿志的風
歲在乙巳　我御詩而行
飛越枝節橫生的史籍
在大敘述的河川　看不到魚
山勢禪讓出大致潦倒的地理
碗大的村子
全是水牛　犁著模糊的田畝
人是螞蟻在行走
風風火火　草書掠去事物清晰的輪廓

我小立在無從思索的平原
列祖大聲喊我　在史料雄渾的雪線

指著我腹稿的低海拔
說笨　說史詩需要一兩個
逼真的角色
串聯大事　駕馭馼馬難追的神思
我遂剪去了辮子
剪去爺爺沒有什麼意義的童年
乙巳　真是個沒有希望的起點
爺爺注定
錯過最後的科舉
我注定　錯失許多還原不了的祕密

離開畫質粗陋的桂林
我靜靜推斷
爺爺為何不將命運　鞍在胡馬背上
為何要交付給飛魚唧到南洋
風風火火的書房
乙巳的舊事
大處參考學者的報告
小處揣摩成一根情感的毫雕
為那挑剔的讀者
我另外準備了兩頭鹿部的獸
牽動史詩　虛實參半的齒輪

但爺爺真的登錄了「達揚」這名字
不過歲在乙巳　生肖沒入草叢

算算
已過了近百個磨磨磳磳的春秋

整個夏季，在河濱

陳大為

整個夏季　像石墩杵在昏庸的河濱
爺爺用文言的語法構思
自己的墓誌銘
在思量　給子孫怎樣的一個世紀
他走到巷口的麵攤
跟劉老闆往高湯裡深談　談他兒子
一去未返的南洋
語意穿梭著虛無的蚊蚋

當然不知道
很多年後有人在詩中讀到他的抉擇
爺爺像石墩越蹲越渾沌
曾祖父拍拍他的肩膀：
「走吧，我會叫一村子的親友
細讀你光宗耀祖的家書……」
爺爺的思緒　還停留在上一段
他弄不清楚鄭和幾下西洋
更不曉得葉亞來
當過好些年的華人甲必丹
他右腦是橡膠　左腦是錫礦

上帝的骰子狠狠擲下
於是老父和列祖交託給弟妹
祖厝交代兩隻老狗
碼頭便把爺爺接走　留下幾斤
賣不掉的鄉愁

史料消化了我整個夏季
在中壢　某個河濱
我開啟南洋書寫之大門　安排角色
設計情節
譬如該怎樣在史詩裡勾勒爺爺
怎樣省略其餘的親戚
繞著史籍　我邊散步
邊推算他何時融入殖民地的風俗
學馬來語　看皮影戲
任憑巫師把咒語
妝扮成雲
謠言翻過外耳便傳出巫術的跫音

但我沒有用詩來後設讀者的詰問
或大肆解構　搖晃的史實
任由廣西在鄉愁的定義上開一道門
爺爺跨不出去
父親不跨回來　我側身小立
門檻之上

讓目擊的螞蟻相互猜疑

整個夏季　在各自的河濱
不知誰是誰的主題
被意象揭發的　是誰的祕密
形同摸象的手勢
我努力修復爺爺斑駁的心思
要是上帝收回骰子
爺爺會不會持續
杵在河濱

陳大為

我的南洋No.6
在詩的前線行走

赤道無聲　唯有鼠鹿在詩的前線行走
畏怯的聽覺撤去其他預期的獸
草木垂立冷冷的四周
數落著　馬六甲王朝的舊址
六百年不表態的三寶井
是一口釘
曾釘住六萬雙草鞋在拚命
命運的粗線條　似麻繩
細出方言的會館
嘉應在北　廣西座落在井的東南
土地用椰樹來預告野史的氣象

地址用力牽著爺爺瘦弱的聽覺
高高的矮房子　胖胖的瘦皮猴
路旁多是不諳華語的土狗
街道尚未命名
就被吠成充滿暗喻的褐色
在暗處　鼠鹿占卜著華人
牠目睹鄭和不知所謂的浩大陣勢
被日子　欺壓成一口井

漢都亞的馬來劍退回鞘裡去
唯有豹子般的英軍
巡弋著半部
詩人從不問津的殖民史
用店舖　英商統治了馬六甲城

在詩的前線　鼠鹿失守了版圖
眾多獨角獸駐紮於此
爺爺繞城一周
每條含蓄的泥路都有哀慟的留言
甚至有人
在帝國主義底下劃線
當作後人考據　或考試的重點
歷史玩過了葡屬與荷屬的遊戲
送走了洋總督　又來了東印度公司
在這裡
如煙的香料與黃金
消散了八十四種經商的外語
每一步
爺爺都踏到殖民史的野故事
沿途的窗戶　虛掩著深邃的閱讀

我的滑鼠差點跟丟了爺爺
淡出古都的身影
留下一段猴年馬月的回憶

我的麒麟

加速穿越赤道的詞庫

點選一批炎熱的形容詞　三十三度

至於不慎遺漏的事物

下一首詩　會隨勢接住

接下了掌紋

陳大爲

麒麟掉頭　鼠鹿接下爺爺三十一歲的掌紋
漢字赤腳　涉過鱔魚的假寐
爺爺掏盡口袋裡的錢
令山豬交出領土　人猿交出赤道的汗腺
凌晨四點
膠刀自雨林最寫實的位置醒來
汁液流經家國的任督二脈
十六開　寫滿英文的天空
讀不到鄉愁
相關的標題讓麻雀全數唧走
鐵皮的房舍裡面
漸漸后土的符號學
還有七進位的柴米油鹽

我忘了追問爺爺　如何邂逅
同樣單身南來　叫梁十四的女子
我也來不及
給他編一套像樣的台詞
更別談什麼凹凸不平的羅曼史
當她步入家門的良辰

露珠記下了風華　蘭花的根部暴長
我偷偷臆想兩人下一秒的對話
一拜天地
二拜回不去的桂林
列祖和香火　全鬆了口氣

父親誕生在處暑之後　白露之前
時值一九三九年
荒廢的族譜當然沒有記下
白色膠汁訓育的童年
日子乃潑猴的棋盤
黃昏　得用蝙蝠的數量來推算
鳥不拉屎的彭亨州　拘留了爺爺整個晚年
膠林木訥　沒水又沒電
所有的地景
都經不起風水的分析
遂有啄木鳥到此琢磨爺爺的思慮

很多年後父親才參透
爺爺乘涼在藤椅上的悠悠眼神
是秋天
甲天下的籍貫裡不可一世的秋天
跟父親留學政大的不同
多了些憧憬　少了些痛
我在更後來的台大

遙想那年麒麟掉頭
爺爺一定很想很想跟牠走
要不是鼠鹿　硬硬接下猶豫的掌紋
父親便成了黑五類
我成了紅衛兵
在長夜中等待姍姍來遲的新時期

八月，最後一天

殖民史的代跋停筆在八月　最後一天
即將高喊獨立的橢圓球場
鴿子　採排一個嶄新的國家
千百首詩從日後的刊物趕來
登上可蘭經滌洗的黃昏
替偉大倒數

放學路上父親料理他的新風景
調高思想的舊頻率
一九五七
冒出兩個祖國兩位國父　在拉鋸
車鏈的噪音吃掉一座
馬來語的村莊　一座華語的城邦
父親渾然不覺地踏過
一條黃泥鋪設的國族小徑
他的神州確實遠去
雜草叢生
麒麟與鼠鹿　蹲在家門兩側

一九五七

爺爺的唐山早已氧化成共產黨
護照替它貼上「生人勿近」的標籤
鄉愁倒進小燒杯
蒸餾成淚
我父親跟大夥兒的父親一樣　無所謂
蕉風椰雨　照常呼吸
可他從不提起那次排華的事
「五一三」只是心有餘悸的惡數字
我則不願重謄
被小說　活活寫爛的小馬共
華人閃進　權力上鎖的抽屜
用手語在暗中交談
一些傀儡　把線交給異族巨大的手掌
大部分人視若無睹　小部分人裂土為王
五百萬個象形的名字
把自己顯眼地冷落在旁
努力節育　講華語　做生意
循環著資本主義的冷空氣
麒麟退隱到鹿的部首
鼠鹿一併職掌了左右兩扇的門神

不知是命　是列祖在天之靈
父親定居在一九六九年的怡保
別稱小桂林的城鎮
九月　母親在此使勁睜開

我張望世界的雙眼

學校替我選定一個祖國

一位國父　三大種族

我滿意地上學放學　按部就班地成年

很多年後才遇上籍貫

坐在台北的路邊　我們說了很多的話

包括居留證　逼供的表格

至於鴿子彩排的國慶

照舊演出在八月　最後一天

簡寫的陳大為

簡寫的「陳大為」　整整少了八劃

退還了各種古中國的意象

詞的運用萎縮

好比形容犀鳥只用簡單的「龐然」

「垂天之雲」乃不可思議的譬喻

中文節節敗退　退到烏江

如霸王卸甲　簡掉形聲的奧妙

四季簡成一季

身分證簡去了廣西和桂林

夜色垂直　如大寫的 M

以立碑的姿態空降

龍　自華校的操場負傷而逃

剩下一些成語：

「苟延殘喘」、「薪火相傳」

在拼音的國教體制之外

「碩果僅存」的唐詩

跳下黑板　用嘹亮的平仄逼我去聯想

所謂的北國

都不知長什麼樣子的冬天

陳大為

以數學　我把中午減去四十度
那雪呢　大雪紛飛或小雪初晴的畫面
冰箱豈能當作冬季的簡寫

在怡保　我讀著簡化的「中國文學」
走進書店　書籍簡化成文具和字典
我的世界被字母圍剿
卻常常聽到：五千年的文化
「文化」僅有空洞的八劃
連儒家　都簡化成演講者的口頭禪
這裡頭　沒有誰讀過四書
只會把告子的「食色性也」
誤作孔子傳世的名言

總之大夥兒喜歡簡寫糾葛的狗政治
繁複的移民史
整大個吉隆坡簡寫成
一個葉亞來
葉　再簡寫成：口十
連植物　都失去起碼的草樣子
崇尚簡寫的華社需要一部
繁體的文化大辭典
精準的文字學
把口十還原成葉　把儒家
研讀成十三經不必標點的鏗鏘文言

我不願被姓名簡寫

尤其蠢課本　和那條虛脫的龍

從辭海　我結識一匹

無從簡寫的麒麟

跨越文言與白話　都市和城池

用先秦散文和後現代詩

來填飽我的聖獸

我保證

不會讓南洋久等

我的南洋No.10
在台北

在台北　我的南洋註冊了弔詭的條碼
宣誓了籍貫
廣西使勁凝固　血小板的地圖
我始終無法把鄉音走穩
好像少了根避震
而南洋
誘捕了我書中巡狩的麒麟
逼牠說出一番道理
自鄭和以降
六百年的日照　說短不短
繁體的船隊
簡體的房子和氣密窗
在赤道邊緣　歷史大隱
隱於詩　生活小隱於靈光一閃的椰子

民國八十四年　冥冥中的冬天
我試寫馬華詩人不寫的南洋
他們說：太舊
又嫌它腐朽
短視的抨擊落在肩上　如微雨

千山獨行
我苦苦追尋半島上輩子的履歷
它們在遺忘的角落等我
解壓縮
把該龐大的恢復得更龐大
將瑣碎　安置在毫不起眼的
轉捩點　看後人
如何折騰它深度麻痺的六百年

在半島　眾聲浮躁如交配的雄蛙
不時有山豬闖進副刊
以詩為劍　我十步殺一人
噸重的敘述在史實裡　輕輕翻身
斗膽刪去
眾人對英雄的迷信
在台北　我註冊了南洋
要是有人硬硬讀出我的鄉愁
每個術語都會頭昏
桂林不遠　水聲就在詩的西邊
但麒麟疲憊
我又不想繼承爺爺眸子裡的秋天

弔詭的條碼
列印在台北的第十二個盛夏
我一次啟動了十首

南洋的史詩　外加兩頭鹿部的獸
像暴雨
氾濫所有馬華故事的上游
而我的南洋
毅然終止在下一行
最後的刪節號乃是

唐 捐

簡 介

　　本名劉正忠，1968年12月生，台灣大學中國文學博士，現任東吳大學中文系助理教授。創作兼及詩及散文兩類，曾獲梁實秋文學獎、時報文學獎、聯合報文學獎、台北文學獎、全國學生文學獎、1998年度詩人獎等。著有詩集《意氣草》、《暗中》，散文集《大規模的沉默》，論述《王荊公金陵詩研究》、《軍旅詩人的異端性格》等。

近 況

　　與陳大為合編《當代文學讀本》（二魚文化）已出版。第三詩集《無血的大戮》（暫定書名）將於年底交寶瓶文化出版。

無血的大戮

偽自由黨主席　准風月堂堂主　降
　我將開口且住口，誰將空虛或充實；
　殘骸無乳幼吾幼，狗彘有嘴食人食。

天地僵持　在一場無宗旨的搏鬥裡
鳥在半空中凍住　沒有人暗暗地死
沒有人哭　嘩嘩跌落是千萬顆好看的頭顱
如狂風侵襲的果園　叩人心弦的骰子
引起一陣陣歡呼　我不禁有了沈酣的大歡喜
液態的笑聲從眼眶裡流出　沒有人死沒有人
嚶嚶地哭　這就是你常聽人說的無血的大戮

（我夢見我愛過了的國度是一座設有產房的墳場，產婦們
都在無聲地大哭，無論怎樣忍痛用力，只有枯屍從兩胯間
生出。我在墓地裡惶惑地行走，看母親們竭誠的哺乳。我
願意勸告她們莫要徒勞地餵養一個必死或竟已死的嬰兒，
卻不能開口；我願意用淚水替代她們徒勞的乳汁，卻發覺
自己也已經是死。）

這就是你常聽人說的無血的大戮　歲月靜好
鬼酣神飽　碩鼠照樣在廟堂裡分贓佈道

祭桌上照樣臥著一頭一頭死不瞑目的豬
可怪是貓　還在神明的懷裡快樂地吸奶
可憐是嬰孩　只好到陰曹接受馬面的安撫
啊　我願意為魑魅戒酒　吞服魚肝油
到地府割取盲動的牛頭　為死去的弱者復仇

唐捐……

085

罪人之愛

1

在不能遺忘的遠方

不能記得　卻記得了的第七殿

我們繼續相戀

當時牛頭正割開我的喉　拔掉我的舌

而挖著妳熾熱的心臟的　想必是馬面

（我給妳的愛在牠的爪下流淌）

我們含淚注視彼此的苦難

像兩顆星

在億萬光年之外　發送微弱的星芒

何等榮光　何等難可思量之因緣

死了之後　還能與妳同一殿

妳聽到了嗎

我用斷了又生的舌頭　呼喊妳的名

2

撕天裂地　那是什麼聲音……

莫非是妳肝膽俱碎的哀鳴

瑪麗安：年輕、陌生而美麗的母親

原諒我　在刀山上跋涉的我無能解救妳

啊　挖過妳的心的那個馬面
此際在開鑿我的腦袋
牠的爪上殘餘著妳對我的愛
何等甜美　何等堂皇隆重之招待

請放心（雖然妳的心已被挖去）
閉鎖妳的陰器　我仍將愛戀妳
掘去我的腦髓　我仍將記憶

3

在不能記憶的第七殿　我仍將記憶
在必須悔疚的刑具前　我絕不悔疚
我的小母親　年輕、陌生而美麗的瑪麗安
愛是無罪
讓我們用悲慘的呼嚎來抵抗神與魔的共犯結構
不要輕易接受輪迴的假說
讓我們以更大的執迷來回應無邊的暴力
死掉一遍　再死一遍
總有一天
我們會在火熱的鍋爐裡遭遇　屆時
在九萬九千九百九十九℃的油湯裡
請容許我　用這傷殘的身體取悅妳

瓶中嬰

我再也不退出我黑暗的運命
浸泡著蝕骨的音樂
如瓶中嬰，沈潛於某種獨享的福馬林。
我將繼續默誦徒勞的符咒
以麻痺我對鬼神過盛的敬懍
如瓶中嬰，用幻象哺乳自己的腦神經。

我再也不介入我痙攣的人生
閉鎖門窗，如一座冰箱
用全身的肌肉冰住一顆火熱的心。
我將繼續默誦徒勞的符咒
十二個瘋子在敲我的門
我將模仿慈悲的佛像，不聞亦不問。

我再也不愛，除非，我再也不恨
像此間最最資深的嬰孩
吸奶一樣，吸著世人捐贈的悲哀
我將繼續默誦徒勞的符咒
像被群眾唾棄的候選人
不斷地對蟑螂壁虎螞蟻發表演說

像瓶中嬰
用純真的笑容包裹腐爛的魂靈

像凝立的陀螺
用根部挺著旋轉不休的地球

戰鬥詩

戰城南，死郭北，野死不葬烏可食。

——樂府古辭

在不知為何而戰而仍戰的 90 年代
'89 年的喜美載著'68 年的肉體徘徊
我徘入貓　迎空播灑見鬼的哀嚎
我徊到鼠　含淚收割纍纍的微笑
但我早厭倦了　上半身與下半身的搏鬥
厭倦了左手與右手的擁抱　厭倦了
開車載送虛胖的靈魂盲目地尋找
巴掌大小的樂土　一旦泊好了車
卻發覺這廢棄的肉體依然無處掩埋
而食屍的鳥啊不知為何而笑而仍笑
不知為何而笑而仍笑　但我早麻木了
如最後之一卒　麻木於防守與進攻
忍死偷生　清運先死的同僚
那是昨日　昨昨日　昨昨昨日的自己
在無敵可抗的夜裡發動千萬次內戰
如退休的鬥牛　與全城的鏡子為敵
如不知為何故障而仍故障的喜美
汽油將盡　猶在盲目地奔跑……

裸視 0.01

剝洋蔥一樣
妳把我的眼球剝開
讓飄搖的影像流洩出來
於是妳（以下簡稱Ａ）
看到了我所看到的妳
（以下簡稱Ｂ）
這時我才知道Ａ並不等於Ｂ
與我戀愛的Ｂ是個性感美少女
而Ａ卻是個狐狸。啊，我怎能
相信：Ｂ－Ａ＝胭脂粉餅
而Ａ＋Ｂ＝意亂情迷
切喜餅一樣
我把妳送我的ＣＤ切開
甜甜的笑靨像蜜汁噴濺出來
我們合唱的歌聲相互攪拌
如一杯雞尾酒
酒味迷昏了火。啊
設我對妳的愛為Ｃ妳對我的
為Ｄ。請別告訴我
任何事物乘以ＣＤ都等於零

錯‧過

我已經錯過了
許多大大小小的傷亡：危樓、玻璃碎片
明箭與暗槍、無關痛癢的交談……
我也曾上下求索
如野雁徘徊於曠漠的天空
追逐一支劇毒的矢鏃，如蚯蚓
奮力鑽出陰寒的黃泉
苦苦哀求一株仙人掌用力用力套弄牠
使牠亢奮、流血、死亡
——但我終於錯過了
如蚊蚋將牠堅挺的口器
插入觀音的聖像，拚命地吸吮再吸吮
終於
被檀香迷昏。隔日醒來
感到前所未有的羞愧與悵惘
哎
我錯過了致命的一掌
錯過了血腥與淚光
錯過了被死神捉拿的機會
且將持續地錯過　錯過

志怪三種

1. 某種詠歎調

一九八四年夏天，窗外一棵楊桃樹

徹夜與花名黛絲的颱風周旋

——果漿迸散，落英繽紛。

而我，一名未滿十八歲，賃居省城的

高中生，整天承受妳熱情的指掌冷肅的壓迫

啊，我也曾

極力反抗，破碎的桌椅散落的紙筆可以證明

但那鮮猛的氣味狠狠植入我的七竅

且不斷地蒸煮蒸煮蒸煮，使我

六神銷融四肢逐漸退化，翻滾扭動

如青蛙復原為蝌蚪

有一種立刻入水的渴求。「啊，請……請進入我並

佔有，請……更粗暴或更溫柔，請疼疼且愛我」

啊，抱歉，我的話讓我想起我看過的鹹濕片

但妳

從黑色的唱盤裡冒出來的妳

聖潔，慈愛，晶瑩剔透，孔武有力

徹底降伏了我

——我變成一根顫抖的唱針（絕對出於自願）

輕輕地滑過旋轉的咖啡

牽出一襲烏黑的身影

跪下來哀求妳，舔妳，甘願一輩子當妳的奴隸

2. 脫身

草叢裡鑽出一條蛇

咬住我的腳趾

她的毒涎如同失傳的歌謠

在我的體內悄悄流行

啊，那邪惡的旋律

使人心智癱瘓耳目麻痺

有了蛇一樣的情緒

——我想要貼腹滑行

我想要滑入草叢我想要

冬眠我想要與她交配

要她為我產下一窩蛇卵

但是，牠已不是蛇——

當牠咬我的剎那

我的精血也沿著傷口

攻入牠的脾肺肝膽

牠口吐白沫，像誤飲農藥般

全身痙攣，皮膚剝落——

終於，變成我的模樣

變成蛇的我

游入草叢
吃牠積蓄的糧食

變成我的蛇
走入屋裡
接收我的惡妻逆子

3. 我的死活

死去的獸是一件大衣，高貴體面
穿在櫥窗裡塑膠美女的胴體
每天下班，我總是專程去瞻仰
這件高貴體面且勢必溫暖舒適的
大衣。我想買，但買不起——
不准出價不准試穿不准退貨。店員
說：「不准撫摸，但我偷偷准你」
啊，多麼柔美的貂皮
我想要進入其中，帶著我的
脾肺肝膽污濁的心醜陋的血和肉
進入牠。雖然這是炎炎溽暑
我想進入牠，即使違背憲法。於是
我手拿巨斧，劈開玻璃，從堅冰
熔岩中救出牠。且以最溫柔的方式
進入牠——啊，我融化了。如飛蛾
在極度亢奮中，捐出了全部的精氣
養肥火的身軀。貂皮微微蠕動

恢復了久違的血色，喔，我感覺
血管與神經正逐步鑽入其中——
從此，死去的我穿著活著的獸皮

悼亦有悼

A面：生者之歌

今夜不知誰死去，但已死去，我知道——
他的靈魂融入月光，照耀我家的門窗
像新譜的樂曲，第一次被豎琴演奏出來

有一種橄欖的愉悅與生澀，使我口齒生津
腎上腺素微微上昇。他的靈魂
隨著光的照耀、水的反射，在城鄉間流行

演奏出來，他的靈魂第一次從身體中演奏
出來。像菊花虔敬地發布自己的芬芳
那樣鮮嫩、美好，值得感官好好地保存

在城鄉間流行，如炊煙，融入暗夜的浮雲
蘊釀濕意。他的靈魂明天就會傾盆而下
猛烈拍打那些浮著垃圾與輓歌的河流

B面：死者之歌

誰在那裡唱好聽的輓歌，瑣吶裡
飛出一隊啣著玫瑰的烏鴉

延著夜色撤退的途徑，向西滑行

昨夜我提著自己的靈魂往外潑，正好潑中
他枯乾的耳膜。他也許需要一首輓歌
我這樣猜測。他悼亡，我悼他的活

向西滑行，他的歎息好像一隊啣著冥紙的
白鴿，苦苦追趕著我。如同慕光而來的蜉蝣
拍碎了羽翼以求一種悶悶的共鳴

他悼亡，我悼他的活。一首悲歌在兩人之間
來回穿逡。潔白，輕盈，如乒乓球
四比五，十八比十九，不知誰的鹿死在誰的手
附錄：死神旁白
我已經自殺過許多次了
一直死不成
因為我是死神
我若死了，別人怎麼死

曠　日

歸來竟曠日，睡起頻抄書。

飛機滑過豪雨的天空，烏雲奔走
如喪家之犬，惶惶然向西北西移動
……。我哀悼的那一個人
是在上週五入土。午寐醒來
坐在面向菜圃的窗前，濡筆抄寫
《法華經》之〈從地涌出品〉：
「譬如有人，色美髮黑，年二十五
指百歲人，言是我子……」這經
是他生前愛唸的，病中諷誦不止
：「雲雷鼓、掣電、降雹、澍大雨
念彼觀音力，應時得消散。」這時
雷聲屸屸，窗戶搖顫如齒牙
詰屈的文體使我想起他結實的肉體
恐怕早已納入蛆蟲的口腹。色美
髮黑，年二十五，我哀悼的這一個人
曾與我朝夕共處，深知我缺乏耐性
不能抄完一章經。刻意默坐
卻像天上氣喘吁吁的蒼狗，莫或遑處
只好擲筆，起身，來回踱步。看窗外
蔬菜狠狠向下扎根，亡靈從地涌出

暑假作業

好漫長，漫長的暑假——
我們整天枯坐病室的窗前
撫弄太陽公公長長的白髮
而種在病床上的那個人
持續伸展他結滿藥瓶的藤蔓
且有白色的小花，蒲公英般
從一副耳目流浪到另一副
他多鬚的根部不斷鑽入床板
穿透地層，讓人拔不起來
——好漫長，漫長的暑假
好像一襲烏黑的秀髮
從天花板洩向地板
我們整天陷在泥濘的沙發
看病床上的那個人越鑽越深
以至，消失。於是我們唱：
　白蘿葡蹲，白蘿葡蹲，
　白蘿葡蹲完，紅蘿葡蹲……。

洪淑苓

簡　歷

　　洪淑苓，台北市人。台灣大學中國文學博士，現任台灣大學中文系副教授，兼任學生社團野鴨詩社指導老師，開設現代詩選、現代文學選讀、詞曲選等課程。著有學術論著：《牛郎織女研究》、《關公民間造型之研究》，散文集：《深情記事》、《傅鐘下的歌唱》，新詩集：《合婚》、《預約的幸福》。

近　況

　　洪淑苓於 2001 年 7 月出版第二本詩集《預約的幸福》，這份成果使她獲得本年度的優秀青年詩人獎、詩歌藝術創作獎。她所指導的野鴨詩社獲得台大學生社團才藝創意表現優良獎，她的現代詩選課則出版學生作品集《詩／私人後花園》。目前除創作外，她也傾力於女詩人作品研究，試圖為女詩人的詩人角色與文學史地位重新釐清與定位。

薄荷糖的憶

湖水般的綠
　　是我們的戀

　一點點甜
　迴旋在我的舌間

　沁入肌膚的清涼
　像透明的夢

　有關薄荷糖的憶
　都寫在早晨的風中

中央日報副刊2001 年12 月8 日

荷花詩抄

洪淑苓……

1

在荷花池畔　呆坐一下午
感覺自己
更像個詩人了

2

小麻雀沒有躲我
還看了我幾眼
我，好幸福

3

白色的花架
還沒爬滿紫藤花
像我的心
還在等待什麼

4

怎樣畫出風的姿態
只有叫荷花彎腰
荷葉翻折

髮

散在風中

5

怎樣寫一首荷花詩
只有閉上眼睛
讓粉紅色的音符
翠綠的香味
在你的掌上　跳舞

6

這是多風的午後
雲　在天空爭吵
因為她們照鏡子的時候
發現自己變成了
一朵朵愛睏的荷花

7

整座荷塘被寧靜佔領
荷花的心事
被昨夜的月光載走
只留下　點點浮萍

8

不斷有人從荷塘邊走過

他們在說什麼
指指點點的
荷花根本
不愛聽

9

「摘一朵回去怎樣？」
「蓮蓬裡的蓮子可吃？」
「蓮就是荷，荷就是蓮？」
好問的人們
把詩的女神　趕走了

10

夏天就這樣過去
只有詩
留在我心中

台灣日報副刊2001 年 8 月 1 日

詩與玫瑰

如何
描繪你
眼中的風景
當滿園的玫瑰
都開向粉橘色的遠方

她們聆聽
一片片綻放
一片片凋零

綻放是歌　芬芳的歌
凋零是詩　寧靜的詩
啊！誰飽蘸月色
在墨綠墨綠的葉叢間
栽種點點的溫柔

叫人生命發光的　是詩
而玫瑰　是閃爍在你眼底
一朵粉橘色的幸福
如果滿園的玫瑰
都開向詩意的遠方

創世紀詩雜誌2001年12月

退

洪淑苓……

已經不是第一次了
　　被世界拒絕

　　我拾起鞋印
　一步一步後退
　迷途小鹿的眼睛
　　乾裂的鼻子
　　　凍傷的蹄
　一步一步後退
　直到冬眠的洞穴

　　每盞燈都亮著
　　每扇門都關著
這世界一直在下雪
我唯一靈敏的耳朵
　等待雪崩的聲息
　　　我不走避
我將在雪浪裡狂奔
　　讓飛雪如霧
　　　將我深埋

彼時，你來，讀我

帶著一束光

讀我瞳孔中的

最後一首詩

2001 年 12 月未發表

卡通告白

可以不吃蘋果嗎
  　我已經五十歲了
  　白雪公主說
  　我不再期待白馬王子
  　也不需要　減肥的蘋果

  　可以少吃點兒菠菜嗎
  　我已經五十歲了
  　奧麗薇說
  　我不再忍受布魯托的暴力
  　也不想看著卜派
  　一次又一次　膨脹自己

自由時報副刊2000年12月1日

風與玫瑰

窗邊的玫瑰
對著過往的風
攤開右手掌
她說
我不要你迷戀我的微笑
我要你讀懂我的掌紋
那是我寫的詩

風照例親吻她柔嫩的面頰
也破例閱讀她的掌紋
錯綜複雜
這是命運，不是詩
風用三秒鐘解讀了她的一生

風離開了
玫瑰凝視自己的左手
緊握的
一卷詩藏在裡面

創世紀詩雜誌129期2001年12月

五　色
——老子曰　五色令人目盲

洪淑苓

深藍
像睡眠
欲望在月光下
匍伏前進

　豔紫
比黑色更詭異
開在死神臉上的
一朵冷笑

　灰
你這個中間派的傢伙
白色失去了純潔
因為你

　格子
別告訴我你喜歡格子色
不斷轉直角的人生
你為自己見造無數的
牢籠

櫻桃紅

吻我吧

小酒窩

藍星詩學第10號2001年6月30日

冷調子

洪淑苓……

心願
　最想要的　卻
　永遠不會實現

心聲
　最想說的　卻
　永遠沒人聽見

心病
　最想染上的
　卻已經和一切
　愛恨絕緣

自由時報副刊2001年7月21日

戰爭與玫瑰

——觀賞電影「珍珠港」有感

你為何抹去眼角的淚
如果戰爭
只是一場立體聲的
演出

天剛破曉
雲霞才調勻今晨的彩妝
粉嫩　愛嬌的　嬰兒玫瑰
湛藍的太平洋為她獻出
澄淨的眼神

靜悄悄的靜悄悄的遠方
什麼聲音嘶鳴著……

曙光乍現
雲霞披上絲光遮面
她輕盈移動腳步
所到之處
儘是玫瑰的甜香

靜悄悄的靜悄悄的遠方
什麼聲音悶吼著——

火球破繭而出
太陽，啊，今日的太陽
怎的焚燒如狂
海的胸膛為之爆裂
不為情人的熱吻
而是死神連續拋擲的火花
點點、片片，浪潮一樣打過來
不再碧藍　海的眼睛更多更多
扯碎靈魂的
血的噴泉

靜悄悄的靜悄悄的遠方
什麼聲音低泣著……

林建隆

簡 介

林建隆，1956年生，台灣基隆人。美國密西根州立大學英美文學博士（1992）。現任東吳大學英文系副教授。「笠詩社」成員。吳濁流文學獎新詩類評審委員（1997-）。作品曾入選《賴和先生百年紀念文集》（前衛，1994）、《1994‧台灣文學選》（前衛，1995）、《1995/96‧台灣文學選》（前衛，1997）、《傷口的花：228五十週年紀念詩集》（玉山社，1997）。已出版《林建隆詩集》（前衛，1995）、《管芒花的春天歌詩集》（草根，1997）《林建隆俳句集》（前衛，1997）、《生活俳句》（探索，1998）、《動物新世紀》（法界，1999）、《鐵窗的眼睛》（月旦，1999）和長篇自傳小說《流氓教授》（平安，2000）、《後現代風景‧台北：學院詩人群‧1996年度詩集》（合集，文鶴：1997）和《戲逐生命：學院詩人群1997》（合集，台明：1998）等。

近 況

小說《流氓教授》由大陸青年出版社印行簡體版，改編的電視劇由北京中央電視台於大陸轉播。此劇並獲得休士頓國際影展白金獎。完成十三萬字的《孤兒阿鐵》，仍由皇冠印行。《林建隆詩選》則將由華成出版社印行。

弔父親詩

藤　蔓

門前老樹幹
暗褐的藤蔓
爬上阿爸的臉龐

腸　子

過礦業博物館
看不見父親
逢過三百針的腸子

以上出自《林建隆俳句集》

父　親（一）

如果你礦工的肺
是一片沙灘
我身上流的血就是汪洋

父　親（二）

曾經迴避過
你的斷掌，父親呵
我算不算愛你？

入　院

把父親抱到屋前
左眼全黑，右眼全白
一隻貓的尾巴

長　廊

知道長廊的寂寞？
父親呵！等你手術後
陪我走一遭

腦　瘤（一）

不識字，卻長了腦瘤
父親呵！你是用腦過多
還是用腦過少？

腦　瘤（二）

父親的腦瘤割除了
我惡性的心情
還可以擴散一年

東　京

帶父親到東京
讓他用最後一口痰

印證富士山的美

火　鍋

插上插頭
想起父親的老火鍋
嘴裡噴出的火

以上出自《生活俳句》

天邊想起
父親的喝斥
還好友鐵窗的庇護

以上出自《鐵窗的眼睛》

汪啟疆

簡 介

汪啟疆，1944年生，漢口市人，基督徒。任國防大學海軍指揮參謀學院院長，2000年4月1日海軍中將退役。現擔任少年輔導院（明陽中學）輔教義工及課程教材編撰。

近 況

同犯錯判刑的青少年互動，去瞭解人與人更深的關係，並編寫宗教，輔導教材，成為我日子的鑰匙。繼續閱讀作品，觀察大千事物及教會事奉，保持清晰度，來擴大我精神範疇。本年度其它作品：收彙的這些，分別在創世紀，海鷗，台灣詩學及報刊。之所以選擇他們，是配合詩觀，以及不忘情自己生活本源：海洋。

其它作品另包含了生活片貌，政治片貌，戰爭……就不贅述於此了。

生命印像（九首）

No.1　猩猩

那位穿黑絨大衣，戴皮手套
碰觸一切，俱塌鼻子的大個，確屬我
已遺忘的友人之背影，熟悉著動作的呼喚
姿勢，以特長手臂把自己雙肩摟住
是一股懂得疼痛的愛戀。
他明白語言，好奇於任何聲響
眼睛是清澈雨林上的天空和馴鹿
坐在寬闊的，此刻靜止的風
　　胸膛覆蓋樹葉的蔭內，喜歡半閉睫毛。

他的族裔安靜在四週捉虱及覓食
生命靜止在這片土地而有所期待……諸如
思想進化論和撿摘，嚼食，吞嚥
　　　　　　用每一朵花裡的所有滋味
　　　　　　辨識　世界所發出的氣息。

No.2　狼

雪所侵蝕的山徑極瘦窄於夢魘
族人們以厚墊足趾，行走，行走著。

一種近似月光顏色的洌寒記憶
抽空肉和喉頭內的飢餓。

我們為雪落的生命音響，而回顧
那份遮蓋消失的腳印，回顧
狼群尊嚴地，以可怕的月亮冷酷輪廓
烙入眸子中的傷口，裂出長嚎，
宿命的踞傲牙齒剉尖了
溫柔暖熱的血對於內臟的渴望。

撕裂我們是風暴，雪，大地的
疲憊。我們是　狼　行走
在雪崖上回眸，即使死亡戲謔
　　　　　　自夢魘內躡隨，而向它呲牙。

No. 3　季節的土地

走過去的，牝馬　水牛　夏日
站住的，灰皮毛兔子　鷹隼　帳幕之落葉
咬緊牙的，狼　大角麋　雪原　凜風
　　回來的，熊　草莓　鱒魚們。

這塊大土地由一處冰角的坍化開始融出故事
東和西，南和北，季節在它們中間打轉
印弟安女子打水時旁邊蹲著一隻母狼
天空旋飛鷹唳，冰已完全融化。

土地內的一切都進入季節的身體了
任何季節其實充滿著我們的尋找和等待⋯⋯。

• 這三首寫在美國，在那塊土地上大自然和生命被拉得很
  近。

No. 4 台灣黑熊與 V8

終於看到，應該在夢域和記載文字內
所拍繪台灣最原始之形貌。

屬哺乳與溫血的呼吸，臨近
屬土壤，屬月亮太陽與圖騰，屬山岳
屬百步蛇，屬鷹，屬森林與河川
屬回憶的，高山的嚎叫。

純台灣語言。皮毛，心臟，膽囊
掌爪，天真樸摯且單純至極的
眼眸，眨動台灣史，是最最真實的性情。
因殺戮，狩獵，逼迫，侵凌，逐往時間盡頭
頻臨絕跡的傳說，代表
幾乎不可能的存在。命運的相遇以
一二三⋯⋯算著是屬於台灣的數目
（覓食到人間的工寮也算是一種程度上的妥協嗎？）
直立展現了 V 形胸紋遺傳，每一寸血肉

都是台灣長成的重量，而一具V8見證
整座玉山不夠大，整個森林仍是飢餓的。牠們是
台灣的定位，曾驕傲以
一株杉的高度，人立拍擊留下勢力界標和尿水
仍充滿身軀所應俱的體溫。

台灣戶籍所記載的原住民資料
列入死亡和絕跡的調查簿內，發現是一樁錯誤。
牠們不移民，持守在先祖土地的最高處
以忠實的藏匿，活下去
守住這塊土地最龐大的寂寞和一切遺忘。

不要囚禁，不要尋獲，不要
驚擾。這地址是夢域與神話之所
牠比你我營建的一切美麗更為美麗，是我們
淚水最透明的部份，最重的部份。

傳說的，失蹤的族人們回來了
我們僅有的親人　形貌　帶來
已忘卻的反省，風中的體溫的對話
　僅有的遺忘，最痴的　相守。

•三月有人在玉山工寮拍下三隻黑熊夜間覓食鏡頭，心中
·立即潮濕了。牠們存在著，回來了。

No. 5 鱷之自白

骨骼反穿在外邊
是要告訴：我夠硬
牙齒露自長顎的笑容邊緣，我
也是夠狠：撕裂甩動的頸脖，我的胃口

肌餓是陽光，血水，殺戮後被嚥吞的一切
被關在我裏面的所有表情，嚎叫，咀嚼咬拽
瞌睡的河就以沸騰的燙度四濺

座標從鼻顎到尾尖
繃緊了力的突起物，刺之鎧甲
靜悄的狩獵乃暴力美學，作肢解的剖析，咬住
蹄爪羽蹼，收妥牠們夢境和愛慾，我的
雷電拽引的四肢，莊嚴冷酷，帶牠們爬動，下沉消失
一些鱷，暴曬於灘岸，踡臥熱沙的卵殼
另群或個體浮睡河中：牠們和我
　　　都來等待。自孵化的瞳仁，深，深，黑惡之處……

• 愈愛這燙熱的土地，愈為這土地一些變得冷寞兇殘的人
　哀慟

No. 6 河水

河水不為自己留什麼
包括全身的柔都可因季節而乾涸
灘岸跌足的長腳鸛和小鸛鳥都知道
（牠倆在測另一岸的寬窄

　　好搧動翅膀，選邊，就位）
逆風的毛羽被翻掀
風裏的煙最最輕

河水光影因著黃昏而顯出哀傷
肌膚更薄的穿在身上
兩岸也都沉默，待鸛鳥飛起

• 我想的是經濟和環境。大企業鸛鳥心臟之跳動在胸腔外
　……

No. 7 商務美學例舉

她進去試裝

各從每次繭子出來
美和美學色澤的是非爭議，使她臉容
猶疑於肯定，否定，以及懷疑　那道指標線上下
美麗繭子裏可能是蝶，蛾，未成形的軀蛻
　　　正以蛹的矛盾，非自信，省思與選擇
　　　　　（她會不會停止了生產的蠕動）

看翼，而不看身體……
所有窺探的男人等待另一次包裝心情

她都知道

● 告訴自己：美學有時是脆弱的。但妻和女兒不同意，認
　為美是身體內外的感覺，是女子的永恆。

No. 8 雜色貓

一隻被人看為很醜的貓
藏於我們巷弄之某角，或時時臥於
摩托車腳踏之底墊入睡，祇
兩耳保持清醒

貓有其生活之道
偶爾聽取夜裏幾聲哼歌自娛
相遇照面，總瞳孔圓睜，選手短跑起步的
躬腰，且將自己縮小於灰不灰黃不黃白不白
的尷尬，毛色與我的生活擦身而過

不知貓的春季，確知開始有兩個
深黑，另一個灰黃白雜感如母親的
仔子，影姿快閃的躡隨，像貧窮，像癬
像宿命，在秋天此刻

在人的眼中。

- 失業率提高到百分之五.一；午間推摩托車，見小貓們
  睡在另兩輛踏墊上。

No.9 海豹攤岸

棲息在發燙砂礫間，這群海豹
皮毛滿是海水曬乾的慵懶，碩巨的
肉的袋裝，灰絨皮囊敞著呵欠
　　內裏剛塞滿待消化的魚群。

整個時間都可用來睡眠了
季節風來去，雌妞兒們將進入春天體態
愛人的歌鹹得帶性慾的腥味
砂灘彎度正是身軀疊疊時尾部的彎
　海，充滿懷孕的新刺激，分娩
　　飽飽的陣痛的叫喚

潮汐把嬰兒胎衣捲走，或吞下
全身舔動是見學海洋的蹼足划動
岸對肌膚的摩擦使海豹們犬一般吠喊
　　大地邊緣，一星星肉體的愛意閃現
　　海豹離開海岸，潛入四面八方呼應的水中。

- 觀察海豹猶若觀察人性愛慾慵懶，對世界的呼應，牠自
  有族群的率性。

潮汐（三首）

波浪的形與聲

躺在
彎曲的邊緣，等
波浪。以身體重量
　　　　　壓住海。壓住流逝
寂止的
寂止的，生命自彼方漫來
　　　水平線內澎湃的撞擊……就是
　　　　　　　　互搏之聲嗎？

嘩笑與龐大
舉起距離和遙遠，臨近
所有光影甩鞭子
灘岸濺高了印象和位置

啊海　　轟澈之聲
一片片連續縫合的裂口，任呼喊通過
坐遠些，邊緣剩下魚的殘骸
身體幾根骨頭退卻著顫動
　　　吐出打傷的內臟

遭鷗鳥啄扯
　　　爭奪，撕踐。

　　以身體的重量想
　　壓住
遠方永恆的沉寂……也是
　　　回憶之聲嗎？

麥子握麥子的手掌

在屬零的海殼底層下，有麥場
螺旋槳聲響泡沫化了庫斯克號和它永遠的下沉……

縮小，再縮小的一艘俄羅斯核子國土
整艘神聖高貴的死亡，白鯨之夢；直沉地球心臟。

光線不能透及之處是否仍具落日暖度
魚，貝殼，藻苔之艙間怎樣憑感覺玩牌？
沉默但不免哀傷的眸仁真被海洋封妥了嗎
甲板下的電訊間誰還會偶時敲摩斯碼互通語言？

下沉了嗎？家裏電爐仍煮著熱咖啡壺
　傳遞過一個個手掌，手掌仍呈現生長的形態
　　和優雅。但此刻一切回憶蒸發於窒息的
　　　空氣。那手掌該捏拳掙動還是前伸
　　　作出付予或攫取的敬禮。當

整袋燦爛麥子被刈割收屯於廩倉底層。

在核反應爐完全的封閉不致外洩的片刻
耶穌從座位上站起。世界掉落了淚。

而完全漆黑。最後互視的發亮眼珠——熄滅。
兒時的民謠。麥子握麥子的手掌
　　　　美麗的小麥，黃金色互擁……
　　　　美麗的祖國泥土上。海浪的搖籃內
　　　　　　海所網罟的白鯨之夢，划著鰭
　　　　　　　　被保護的　下沉。

敬禮，庫斯克，——八位
人類中發黃金色的。

海上之貓

一隻喜歡海，我稱之為幻像的貓
總和我同爬到桅桿上凝視水平的屋脊線
聊一些白鴿，鳥類理念，以及
　魚和港口，稅匯等等閒話

我常迷惑地在每一段語言中，舐拭身體的熱情
言及魚骸飽滿的美，舌頭就溢漲愛戀唾液
趾尖僅在慾望最濃時才現出鉤爪。

白日我們共同觀察乳房搖幌，每天的
海，夢意行走於軟鞋墊的優雅高傲且高舉長尾
牠時時眼眸遐思一扇寬窄的門
水手懷疑牠會與老鼠談戀愛，月光太美
　　　這泛情者作鋼絲般的高，吟

我曾問
公雞晨間啼叫是否因夢到雞塒雌性們
赤裸高翹的椎尾？牠說
去問我腹中飛翔的鳥類和日出。

確實，牠不太喜悅
豹，一切其它貓科
而自我放逐於海上，保持凝視
舷外皮毛不斷湧起，睜圓一種非洲情緒
舔著，舔著從腳掌開始的細膩
　　　或者某一次鉤爪所屠殺的
　　　海的夢魘與鱗片，牠

愉悅自己所瞑思的
無須作另外碰觸。
在港口找裸魚和羽毛
自海的背脊撫舔，趾爪同頭顧。

桃芝颱風

冰箱

時間延長的一種剁割之痛，經常放入冷凍櫃內
血肉在取出霜化前──是健忘的。
　竟遺忘了這是身體那一部分
　　　　　　　在曾被閹割的位置
　因為時間已過去。

媽媽

媽媽身體的一部分，又癱瘓的在
傾倒一場土石流的夢；覆蓋住
孩子們睡中恐懼的臉孔五官。

生病的媽媽不是不愛我們。那些
窒息的地方幽深似最初的子宮
　　　　　　　黑暗得不容抱怨。

冷，瀝盡了就是溫暖了。
其實，人是很好養的。

深度內

汪啟疆

（深度下消失了咆哮；祇剩下生命和啜泣……而不明原因。
　　　　　　　　　　　　　　　　　　——潛水記錄）

1.

用眼睛，挑戰。不透明的深度，
圓睜到最大限。瞳仁擴張再又聚縮，
海水以冷逼迫肌膚變緊；泡沫自口鼻噴出，週邊
如天空起伏，星星拱動，波峰
　　仍澎湃撕裂飛沫……我下潛，下潛　安靜的
　　　　　　以大藍水晶內一滴血的純度。

　　（刺青的汗液，已自血管內搖渾濁了
　　　在健康的皮膚下湧動……）

光所能透視的，濛濛如月色步區……我下潛
進入闇的層次。開燈，這是距珊瑚已遠的夢之土地
海中陸地划起灰塵，一如等待開墾
的鼾聲；我橫向魚行，四肢
竟覺察下墜的重量，托住燈，封閉於
這迴音箱內。我屢屢無意識的觀看腕錶，腦

部和睏意時時振起共鳴；浮動激盪，下　潛——下潛
迴光裏愯然發現自己靈魂，在一側凝視共泳

　　（鬍鬚泡皺的臉孔，開始剝落
　　　海藻粘住皮膚，我的皮膚……）

一個壓力體積的失重與衡重，祈禱
層次深所具昏眩抽搐……我，封妥身體
下潛中的鰭化；呼吸兩腮鼓漲帶出水花急劇
上竄紊亂的羽毛；進入睡眠的沉寂而深陷
海床底部。任魚群擦觸，咬噬似有似無
　　這一具美麗封皮的人形，軀體未撕開的
　　　部份；海水在說什麼
　　　　毛髮聳然被拂扯的回應所招呼
　　　　深度，已接通永恆的沉睡臨界。

猶若水面白日簽署的　　　　　　　　　　——畫，正向下
　　　　　　扯開　拉鍊內肉體　裹住
　　　　　　扯開　肉體內拉鍊　縫起
　　　　　　扯開　尪裏的拉鍊　纏妥
　　　　扯開　拉鍊裏的尪　試著一點一點的
　　　　　　　　　　　　　　　沉入
　　　　　　　　　　　　　一吋又一吋
　　　　　　　　　　　　　一吋又一吋

一吋　又　一吋
　　　海洋之腔室
我想：晝的雙手終於

真實抓住了——夜

　夜。同一個，夜
　　　　為深度所佔據，所密合，所藏匿。
　　　　那在燈光隧道的盡頭招搖發亮的手
　　　　勢。岩石海砂泡沫都能知覺。夢境
　　　　慢慢的，剝陸地所有記憶。當骨骸
　　　　正從肉囊萌芽，以那份億萬年沉思
　　　　吸吮黑暗的寂靜；沉澱的，那般巨
　　　大無止境的　　　　　無止境的
　　　　　　　　　　　　　我的存在

　　　　　　　　　　　　存在的
　　　　　　　　　這兒具有羊水
　　　　　下潛的那根臍帶充滿連接訊號
　　　極限的深度；最初的起點；母親的子宮

2

搖盪起伏，陰影
鷹翅掠動投射，牠在叫……
　　窺探水面。

海俱波形之美

閃爍積雲的返光……凝止又動著，

　航行每一黎明，白日，黃昏，動靜都停於原處。

夜將天空按入海水下，

　以一種叫重量，深度的疊壓，發覺雲的傷口

　　　　　　　　　　　逐漸漲裂……

我們遺忘什麼——海的前方有

門戶的鑰匙　或一個地址，位置等等。

地址住有無數波浪，以及人的輪廓，生活

　輪廓內的軀體起伏，愛戀之鑰匙在響，而

風鈴的語意是

海將我們撕裂，風把我們縫合

一切碰觸，都屬靈魂的感覺了。

浪，達到頂尖

就被深度拽住，停在那掙動毛髮

　　　　　　　再甩落墜下。

　　海，舉起自己最薄的表層部份

　托住高峰卻崩坍於顏面……。

船，翅膀在浪與谷間

　　遭不斷風暴作斜向傾篩，持續抖戰

　　　而在深度與失陷狀況喪盡體溫。

　　翅尖上的冷汗

　　在美麗羽毛上濺動。——直到一切

都吐出肌肉內一串串泡沫，
　　細成一具固定姿勢。

（發燙的夢測探溫度，自腦蓋骨內響起詩歌：
　　我們消逝⋯⋯我們走向水平線外側）
我們不帶走什麼——海的光背脊
大浪總拍打門戶的外堤防，玩跳鞍馬。
人們也總會抹去沉船的最後想象
　　夾纏浪潮來去的期待。

不回來的生命以陌生新姿態再度來臨
在任何時候，在深夜，在季節。
欲語的，岸樹僅僅盛開一季花期就醃了過多鹽份死亡
　　　　無論存留於位置或鋸去，都凝固在自己的漩渦
中心。

鷹下擊，而魚
在爪鉤扭動，飛掠過
——邊域情緒的灘岸，卻似
　　投如天的深度，沒有痕跡。屬於

神的天空。

江文瑜

簡　介

　　江文瑜，台大外文系畢業，美國德州大學奧斯汀分校碩士、德拉瓦大學語言學博士，現任教於台大語言學研究所暨外文系。曾擔任台北市女性權益促進會創會理事長，目前為「女鯨詩社」召集人。著有詩集《男人的乳頭》，獲1999年陳秀喜詩獎。2000年以「阿媽的料理」系列詩十首獲吳濁流文學獎之詩獎。詩集《阿媽的料理》於2001年12月由女書店出版。

　　另著有傳記文學《山地門之女——台灣第一位女畫家陳進和她的女弟子》、評論集《有言有語》。編有《阿媽的故事》、《消失中的台灣阿媽》、《阿母的故事》、《詩在女鯨躍身擊浪時》、《畫說二二八》、《體檢國小教科書》、《媒體改造與民主自由》、《人文社會主動出擊》等。學術論文領域涵蓋音韻學、語音學、構詞學、語言社會學、文化評論、性別研究等。2000年當選第十八屆十大傑出女青年。

　　三十五歲開始寫詩，興趣廣泛的「雜食主義者」。熱愛閱讀與具有挑戰性質的生命經驗。

近　況

　　不知「近」為何，因而無「況」。

七色月光

從窗口望出來的小女孩
今晚的彎月
讓星星摘下送給妳
找出妳的調色盤
塗上紅色
一根紅蘿蔔
潛入妳的眼眶
攜帶兔子神秘的血絲

塗上橙色
另一根更成熟的紅蘿蔔
告訴妳為何人類會眼紅

塗上黃色
一根香蕉
不夠，再複製九根
當作妳的十根手指
輕易操弄月琴的八度音

塗上綠色

一條小黃瓜
不夠，再複製無數條
加強妳因憤怒而暴露的青筋

塗上藍色
一條變色的茄子
夠了，挑戰妳去思考
為何生命會走色

塗上靛色
一瓣藍得發紫的紫菊
嘲笑妳的青　　澀
還有為賦新辭強說愁的藍

塗上紫色
另一條豔麗的茄子
變成一條蛇
吞噬妳胸口那隻不敢跳躍的青蛙

從窗口望出來的阿媽
把雙色紅蘿蔔掛在失去星星的黑夜裡
把黃色香蕉吊在無法逃出的鐵窗邊
把綠色小黃瓜貼在封閉的牆壁上
把紫菊黏在都是水漬的天花板上
把雙色茄子垂在水井的出口

小女孩要剪貼每一個彎月

讓山另一端的小男孩

今晚可以看見一座拼裝的彩虹

2001 年 2 月 4 日

阿媽的料理系列

髮菜狂想曲
——眼睫毛　飄落

她數起眼上的睫毛，，，
在梳妝台前，，，

數字在累積，，，
睫毛忽然飄落，，，
黏貼在眼皮，，，

從新開始計算，，，
她眼睛的窗戶半開，，，
遮擋光、沙、和塵埃，，，
睫毛以光速，，，
掉落在她的眼白，，，
慧星撞地球，，，
她又忘記數過的數字，，，

南管戲曲翻滾浪花
與泉州和漳州移民來台
酒樓裡珠玉擊打簾幕
三吋金蓮仰望傾斜的琵琶

她獨自彈唱「陳三五娘」
一朵明代梨花
流動眼珠
推擠秋天的波浪

北管戲曲掀起海波亂彈
官話飄過清代中葉的黑水溝
她清唱英雄傳奇
西皮與二黃
攀越龍山寺
登高佛祖觀音神誕的野臺
嗩吶月琴送來過門
迎接她細碎身段

劉銘傳領軍沈浮巨流
跨海任職台灣巡撫
傳喚北京京劇團
清光緒十二年的大船
鑼鼓戲伶行頭滿載
桅桿傾斜
只為來台獻上戲曲
替代劉母祝壽璠桃
從此台灣商賈仕紳
仰望京音的高亢
她也開始正音清嗓

一張素淨臉龐
清水洗去毛孔塵埃
她輕抬雙手
打上色底油白
指尖搓揉桃紅胭脂
起點為眉
側繞雙眼橫掃兩頰
續以白粉撲上臉蛋
再抹一層乾紅
筆尖水墨上下睫毛
她勾描青衣的大眼圈
跨越眉輪
畫出一把頭細尾粗的尖刀

馬關條約海潮波濤
日本艦船駛入基隆港
浪花嗅到軍袍的味道
逐漸混融日本藝妓的粉白
登陸島嶼舞台
舞誦踩踏大稻埕淡水戲館
日本人本島人
各自擁有板塊
新舞台與永樂戲院裡
日本藝妓的肢體
開始潛入她的腳勢手形

江文瑜

始政四十週年博覽會
她唱起「別窯」的王寶釧
換裝「空城計」的孔明
臺後卸下油白水黑
還可參加現代舞團

她想，如果記錄，，，
一天落毛三根，，，
從十六歲至今，，，
十萬根飄散的睫毛，，，

如果可以典藏，，，
製成兩千副假睫毛，，，

2001 年 2 月 3 日

脫落的寇丹

江文瑜

鮮紅寇丹瞬間消失
帶領手指頭
穿越他突出的雙唇
隧道入口
他吸吮她的無名／無明　指
指／紙上一節一節車廂劇烈搖晃
寇丹碎裂
脫落油漆黏在發黃的門　牙／銜

飄散天空的扣（押）單
消息送到太平洋彼岸的他
家鄉再也不是飛機降落
或輪船靠岸的終點
放逐的浪子只能藉波潮／撥巢
聽見故鄉父親的中風或母親的痛風
風聲
依舊掃過天外飛來的一筆　黑扣單

落滿一地的扣（押）單
特務的吉普碾過

車身忽然顛陂／癲潑

地上的名字畏寒打噴嚏

聽見懲治叛亂條例2　1

來到（押）房

滿屋都是只穿內褲的幽靈

因為收聽對岸廣播

身上插一朵紅花

家裡藏一本歷史唯物論

帽子上鑲一顆星星

風聲

依舊掃過地下飛來的一筆　紅扣單

隱形的扣（押）單

隨風吹到他們聚會地點

整批軍警蜂擁踢破緊閉大門

槍桿敲碎脆弱的玻璃窗

燈還點亮

為何空無一人

有人通報裡面正在舉行讀書會

有人通報裡面正在密謀阻擋／組黨

風聲

依舊掃過樓房吹來的一筆　爛帳／爛仗

鉗子正摳他的指甲

要逼出扣押的理由

他的雙手瞬間沾滿
那比鮮紅還要豔麗的寇丹

2001 年 2 月 18 日

江文瑜

網狀絲襪與發條橘子

你坐在對面＃
看見她穿一雙黑色的網狀＃絲襪＃
雙腿在你面前搖晃＃

你逐步靠近交錯的鐵絲＃網＃
緊握黑色＃鐵框＃
汗從額頭滴落拳縫＃
劃過掌紋的＃蜘蛛＃網＃

特務魔鬼蜘蛛的刀剪
右前腳張開
刺向你的臍肚
瘀青烏雲浮到皮膚地表
左前腳刀尖
攻擊心臟
紫色微血管網狀擴散
你的胸口瞬間複製了蜘蛛網
臀下的問訊椅支解
被絲網纏繞的重量

節肢動物再伸出左後腳
鐵鞭刮打你的右耳溝
鞭的反面，右後腳猛抽
繼續向你已然彎曲的膝蓋
你蜷縮牆角伏跪
在照明燈偽裝的月光下
一隻即將被吞噬的昆蟲

你坐在對面＃
看見她穿一雙黑色的網狀＃絲襪＃
雙腿在你面前搖晃＃

你在鐵窗前寫下自白書
以為照明燈的光束
已經割裂層層交疊的鐵、絲、網
從此可以穿過墓碑、墳蚯、死亡
越界脫逃

你看見你＃
從地上撿起黑色＃網＃狀＃絲襪＃
纏繞她的頭兩圈＃
困住她佈滿血＃絲＃的眼珠＃
但她仍用黑腳＃
遞給你一顆她上過＃發條的＃橘子＃
她仍伸出雙腿＃

繼 續 遞 給 你 一 雙 ＃ 撕 碎 ＃ 的 ＃ 網 ＃ 狀 ＃ 絲 ＃ 襪 ＃ ＃

2001 年 2 月 5 日

一路走來
——給林義雄先生

江文瑜

一條苦行路
你踏上了
從二十五年前
黨外前輩被對方賄選的泥濘絆倒
你為他擔任訴訟代理人
為了抖落
台灣人民腳底沾滿的污漬

一條蜿蜒的苦行路
你出發了
從宜蘭到瀰漫煙霧的峰頂
你的雙足踩過言論禁忌的火岩石
置身於政治特權揚起的塵埃裡
你輕揉雙眼
拒絕風沙與封殺
跨越省議會的官僚山頭
站在霧峰
你俯望腳邊的一縷清泉

一條岔開的苦行路

你進入了

從美麗島雜誌社到牢獄

蕃薯高掛在黑暗裡

化成模糊的彎月

光影線條靜默地重疊在秘密偵訊時

你全身被劃過的傷痕

他們驚恐於你的頑強與不屈

於是模仿月光，隱形的影

潛入你家中的城堡

對準你摯愛的母親

和一對年僅七歲的雙胞

強行逼出你嚎啕的淚水

一條蔓延的苦行路

你奔向了

哈佛劍橋筑波所築起的拱柱

太平洋與大西洋的雲朵

是你俯瞰的蓮花

你開始無時無刻地閉關

極端沈默在圖書館與人群當中

風與霜侵襲你的臉孔

噴泉、花朵、枯枝、或河流

代替你凝視自己的背和影

當你決定重新開口

已是手捧台灣共和國基本法草案和

非暴力抗爭的心的錘鍊

一千零五公里的苦行路
你實現了
從海島的北到南，西到東
斗笠撐不住日光的重量
太陽壓著你的肩膀
焚灼的皮膚屑脫落
伴隨落葉紛飛
從夏暑走到秋涼
一群苦行者張開腳掌觸擊地殼的神經
地底迅速傳導熱度
從雙足到手掌到傳單
核四公投的紙張有和你一樣的體溫

一條眼前浮現的喜樂之路
你看見了
日光穿越縫隙
萬頭被你的雙手牽動
黨主席帶領群眾尋找千禧的太陽
一步一步走出黑森林
當歡呼聲四起
綠色的樹葉鋪滿天空
遮蓋藍色的雲朵
路又再度分歧──

這次，你選擇人煙稀少的道路

那裡有慈悲的竹林

後記：林義雄先生於 2000 年 12 月 1 日獲頒「和平成就獎」。頒獎典禮上，我擔任主持人，並朗誦此詩。

2000 年 12 月 1 日

〈921大地震兩週年詩想〉系列

（五首）

江文瑜

1. 震鯨

成群巨鯨展開胸鰭
驚覺宇宙逆轉
垂直浮升望向星斗
眼後大橢圓形白斑——
黑暗中的不眠巨眸
窺見天地異象的倒數計時[ztsai1]

野溪胸膛瞬間鼓起
山腹攪動鬼魅幽鳴
泉水動脈凝止　靜脈噴出
流木石頭摩擦溪床
清水變濁　濁水還清
樹根龜裂葉片紛飛
枝幹低吟風的韻母
山豬的捲舌音呼嚎

雷光為黑暗山巒鑲上巨鑽
閃電打擊　沈睡烏雲

野溪被火花驚嚇
洪峰流量驟減
噴砂鬆弛　土地竄動
水柱長高俯視變低的井水

鯨鬚顫抖
高頻摩擦音
相互傳遞
彎曲背脊模仿上弦月
攜帶喉嚨深處的陀螺
奔向天際旋轉下墜

氣孔衝出鼻音渦漩
唇線爆破嘴角
巨鯨高速潛行
尾鰭攜帶移動的山群
忽然側身翻滾
海嘯將鼻鳴拋向月蝕

白色巨睛再度浮窺
數千年來巡邏太平洋
眼之神向晃動的星辰訴說
它們預知島嶼的提升與沈淪

2001 年 7 月 28 日

2. 朗讀一首被精確數字塞滿的詩

朗讀一首被精確數字塞滿的詩
白絲帶將舌尖打結

躺在太平洋的巨鯨
以聲波迴舞偵測
那菲律賓板塊的船身
從右後方撞擊鯨腹
歐亞板塊的眠床

皮膚磨蹭那片岩石船體
體內血脈升起有感震浪
追隨船首浪花翻身仰游
921　1 時 47 分
0921 的傳呼被巨鯨
雲霧爆炸的噴氣吹散

芮氏 7.3 的腰力
沿車籠埔的曲線至豐原
斷層肌肉的急遽轉彎
把東勢的肚臍
從鯨肚抬高 8 公尺

朗讀一首被精確數字塞滿的詩
黑絲帶將舌根打結

虎鯨扭體
9份2山的那1夜
背脊的客家聚落滑向懸崖深谷
三百水鹿瞬間殞墜
翻滾於千萬立方的土石流
兩百多公頃的亂石崩雲

烏牛瞬間從黑暗海洋下沈
99隻小虎鯨浮出背鰭
變成月光下搖晃的群山

閱讀一首被數字塞滿的詩

註:「烏牛」為小虎鯨的台灣俗名,可能數百隻一起出
遊。

2001年7月18日

3. 921,台北觀點

「詩人」努力尋找形容詞描述
未曾親眼目睹的畫面
從年少起憂愁就注定比別人加倍
超越字典的成語與陳腔

堆積文字密碼　建築朦朧
霧裡造塔的不尋常
夢中尋字千百回的不悔

苦心經營的名詞
魂飛魄散中忽然得到感應
驚奇的意象跳脫神的手掌
包裝成不著痕跡的隱喻
最好將說理壓入筆套
因為，似乎，暗喻優於明喻
詩人宣告這是直覺

瑟縮的介系詞和連接詞
密藏在詩人的潛意識
重複壓抑──別用得冗贅
能省則省
否則評論家尖筆批示
缺乏精鍊的文字
分段的散文

謬思的贈與
神魂顛倒地追索
抓到一個冰冷的副詞
尾隨於失去靈魂的動詞

詩人接到主編的催促電話：
「救災，一樣不落人後」
午夜截稿
如同過往
抒情詩最後一字
未標上句點

2001 年 7 月 22 日

4. 屋裡的圖像詩

如果寫一首地震圖像詩
題目訂為「道路」
畫面上只看見「首」和「足」
「道」砍去了部首
「路」遺失了偏旁
再以電腦排版將「首」和「足」散滿視窗
自我麻醉讀者可以想像浩劫後截斷的道路
只剩下殘破肢體

未來的詩集增多一首詩
詩壇累積一首圖像詩
佔據副刊一角
大眾和以前一樣不讀詩
災民仍露宿在帳棚下
我依舊躲在屋裡

2001 年 7 月 20 日

5. 精神科門診檔案

江文瑜

他住在山坡地
數十年的積蓄
貸款買公寓的二十幾坪地

你聽我說！
捷運自動門瞬間夾住我的睫毛
高速公路瓦斯桶噴泉迎向我的眼皮
列車交會我的鼻子忽然黏在火車頭上
施工的怪手從摩天大樓自由落體我仰頭乍見慧星光速掉入
嘴巴
對面超速的砂石車滑過雙黃線我的瞳孔彈出覆蓋天空的土
石流
停電的電梯裡兩位戴太陽眼鏡的陌生人正拿出鑽石刀對準
我的肚臍
公車專用道旁忽然兩隻手從背後將我的頭當成籃球射中等
候的巴士
我開始相信腦中被植入晶片警覺幽浮變形機器控制地球的
一舉一動

他住在山坡地
每天都感覺後院的擋土牆
伸出手臂
繼續晃動他家的積蓄

2001 年 7 月 16 日

165

〈女教獸隨手記〉
意外事故

自從在課堂上宣布

絕不接受遲交的作業

除非有不得已的理由

那刻起，但書變成詛咒

A 同學臉帶疲倦說他不幸被腳踏車撞倒目前仍在休養階段

B 同學憂傷說他父母婚姻面臨危機他六神無主

C 同學說他也不幸撞到後背不過傷勢還好是一輛輕型摩托車

D 同學十分無奈他的電腦午夜突然當機一個字也列印不出來

E 同學他的書包竟然在另一堂課整袋遺失回去尋找時早已無影無蹤

F 同學代 X 同學遞上一張醫生證明說急性盲腸炎必須臨時緊急開刀

G 同學表明馬上就要參加研究所考試攸關他一生前途大學部課程只好徹底犧牲

H 同學轉告 Y 同學的近況他已經辦理休學也不知為何原因可能壓力過重

　　據說顯現一些精神官能病徵

I ……

想起我指導過的一位研究生
從美國捎來電子郵件
擔任教學助教的她宣布
隔周將舉行期中考試
四位學生陸續向她報告
不克參加的原因
他們的祖母都突然過世了

後記：本詩寫於 1999 年 7 月 31 日，刊於 8 月 9 日的〈自由副刊〉。不到兩個月，台灣驚爆狂肆的 921 百年大地震，兩年後美國雙子星大廈遭 911 事件突擊，飛灰煙滅。這數個月來，這首詩盤桓胸臆，久不離去，故決定放入本詩集中。

古添洪

> 簡 介

　　古添洪，1945 年生，廣東鶴山人。美國加州大學（聖地牙哥校區）比較文學博士（1981）。現為台灣師範大學英語系所教授。曾為「笠詩社」成員（1968-70）。1973-76 年間，活躍於「大地詩社」，為其核心成員。1996 年，策劃《學院詩人群年度詩集》的出版。並擔任首屆召集人。學術著作包括《比較文學的墾殖在台灣》（與陳慧樺合編:東大，1976）、《比較文學・現代詩》（國家1976）、《記號詩學》（東大，1984），以及以英文發表的中西比較文學論文近二十篇。創作則有詩集《剪裁》（巨人，1973）、散文集《域外的思維》（巨人，1973）、詩文集《晚霞的超越》（國家，1977）、詩集《背後的臉》（國家，1984）、詩集《歸來》（國家1986）、以及學院詩人群年度詩集《（後）現代風景・台北》（1996）、《戲逐生命》（1997）、《詩的人間》（1998-1999）本人部份。

> 近 況

　　風來時怎麼能拒絕？這幾年來我就不免有點活躍。1996年與友好策畫《學院詩人群年度詩集》的出版，及今已有四屆，每年在同仁詩集裡展示自己的創作；我和自己說，只要同仁詩集繼續，我就大概不會出個人詩集了。意猶未足，我又與一些友好於2000年集體加入「海鷗」詩社，並擔任千禧年

《海鷗》詩刊改組改版的主編工作，為台灣詩壇打拼。如果有所謂馬年許願，那就是希望《學院詩人群》及《海鷗》繼續發展。

　　這幾年來，可說是我詩創作的重新出發。這再出發是在這「現代主義」的基礎上，加入了「後現代」的一些生活情境與理念，並從事詩的各種前衛試驗，以開拓詩的疆域，如性別思考、散文詩、鏡頭敘述、演出的詩篇等。希望我詩中一向秉持的社會關懷及文化層面不致於因此消滅啊！

　　在學術上，最近還研究佛洛伊德（Freud）和拉岡（Lacan）等心理分析理論，希望從其中理出其記號學模式，並從事夢的研究，看能否另建構出與 Freud 等相反的積極的人類主體。成果嘛，尚在未知之天。

　　自傳見《世界華人文化名人傳略》文學卷（香港：中華文化，1992）。個人網頁：http://netcity.hinet.net/sun54ku 。

寫給妳（你）
自己演出的詩篇系列（七首）

古添洪

No. 1　建議台北人的詩的遊戲

你告訴自己
我是台北人

請跟我走
面前是一座高聳的大廈
浮雕感的方格子方格子高牆
我們上去吧！
你走樓梯或者乘升降機
你嗅嗅魚肉蔬菜樣樣鮮美的超級市場
你東逛逛這個辦公室
西逛逛那個主臥房
拉拉抽屜
沖沖馬桶
屋頂花園張臂吸一口新鮮空氣

（你說怎麼可能呢？
那你就得參透可能／不可能的所有權迷團啦！）

我們上去吧！

同樣的大廈

現在是空蕩蕩瘦稜稜的鷹架

一根又一根線條疏落地指向天空

你的西裝或洋裙顫巍巍掛在那兒

你左手攀援右腳落空

驚呼怎麼辦怎麼辦

你終於攀到頂端

俯瞰

地上是鋼條水泥垃圾米酒瓶一團雜亂

你看到側對著你的

建築工人

踏板一翻傾

滑下去了

落葉的雙手永遠張貼在空中

台北人

寂寞時

玩玩這些詩的遊戲吧！

（2001.1.19）

No. 2　版畫檔案／腹部扁圓的感覺

想像妳面對一張畫

瘦削的女子

腹部扁圓支撐著

礦工丈夫氣息微弱的頭
想像妳的身體走進女子的身體
感覺怎麼啦？
下腹部微微的體溫
一絲絲含混的
性與死亡？

請想像她背靠著怎麼樣的
一面土牆或磚牆
沒有削平的土／磚是不是給妳
刺刺的很有真實的物質感覺呢？
不要放棄妳的美學經驗
土／磚牆上斑駁的裂痕與污垢
在砌牆砌牆砌牆砌牆砌牆的規則圖案上
詮釋著無名的歲月感
與禪機的有成有壞

妳／你在找尋它
真實的場景嗎？
我們現在推行本土化
就請在本土檔案裡找

（2001.1.20）

No. 3　假如妳面對一叢乾燥花

妳面對一叢乾燥花

心裡很瘦

妳假裝灑水

想像全宇宙瀰漫著水霧濛濛

花蕊花心顫危危甦醒過來

妳冥思身體所有細胞與毛髮

與花蕊花心合一顫危危甦醒過來

妳穿過叢叢的乾燥花走進陽光

妳穿過滿山野的花朵走進乾燥的世界

妳開始迷惑

妳生命史的真實與虛幻

扁瘦還是馥郁

（2001.1.20）

No. 4　說一聲好險

妳拿著遙控器

如禪之隨緣

或者無聊如籠裡白老鼠

快速更換著頻道

嘴巴還

沒張開

那個肉體就一

閃

好像要塞

進來

幸而已

消逝而過

1/5 的西褲急速裡給3/4 格女體拼貼

那朵笑容正從臉上肌肉推擠

就瞬間隱藏在許多形象的閃爍裡

讓她消音吧！

（請不要以為男性詩人一時無心之失按錯了她

而是電腦的輸入法總是唉雌雄同體他她它牠）

你想像（或者給鏡頭拉進去）

整個身體進入了螢光幕的虛擬世界

聲光色影碎粒以及各種物件

猛然向你身體拼貼、攻擊、穿刺過來

如果妳年輕時在西班牙浪遊過

妳會感覺到像一隻垂死的鬥牛

全身插滿了勇士們閃爍的刺鎗

妳趕快跑出來

說一聲好險

（2001.11.1）

No. 5　淡水夕照

妳想像妳是一片污泥

濕漉漉的黏黏的在水底

妳張開小耳朵迎向頭頂可及的距離

收集遊船馬達機械的旋律

妳身體的感覺是給槳浪衝擊

陣陣急促然後慢慢消逝

像記憶中愛的經驗

或情人遠去的心情

坦臥的薄薄的身體給水的流動

犁出淡淡的悠遠的波痕

妳醒了　海風

蝶蜂地吹動了妳的頭髮

妳高據船沿昂首

妳的先生及孩子就在妳身邊

如果妳不高興

或者與事實不符

妳可以把他們從我的詩句一筆勾消

前面就是八里

夕陽就在西邊

橫看是出海口的浩瀚無垠

船上人聲鼎沸

妳思索著妳的晚餐

與家人共享

在水之濱

(2001.11.2)

No.6　妳說，我們的中學生好蒼白

我們的中學生好蒼白

迎面而來的一副男生臉
使妳怔住
臉從妳右側丟在背後
妳把它彎回來停駐在妳的一公尺的前方

請妳想像這些血液
絲絲的淡淡的
壓力不足
無法湧進皮膚的前緣
鼻子臉頰眉心
這些經驗妳並不陌生
每逢月陰的晚上
躺臥床上
舉手無力

說到舉手妳對自己說
目前流行的啦啦隊不是夠猛夠勁了嗎
搖滾的狂速節奏與嘶啞的男喉音
割裂的手與腳晃動如幻影
妳經驗到東方的身體
與西方暴力的衝突
只有搖頭搖頭搖頭不斷搖頭
才扔掉自己
當妳再仿效再青春一番

妳終於體會到

另一種蒼白

靈魂的蒼白

文化主體的蒼白

妳為妳自己身體的美學而高興

自吟精妙世無雙

（2001.11.3）

No. 7　公寓上升成大廈的魔術

妳說

妳生活的小周遭

真像一隻羊

小公園樹三兩叉高如角

街羅列著許多橫巷

羊腸蠕動著妳生命的節奏

隨便妳用 V-8 或者電腦

或者用原始的想像力

把自己的五樓公寓

拼貼在妳一回在東區閒逛擋路的大廈

於是妳從二樓走到五樓屋頂

居然不用跨腳就走進了大廈的 9 樓

打開一扇窗

打開視覺的翅膀
天空也給鳥拉高
所有的廣告牌與霓虹都倒轉
像女性口紅的顛覆
妳梭巡衛浴及豪華的室內布置
暫時作女主人
指點其中可能有的一點俗氣
妳隔壁的小單位好靜
但往往妳沈沈入睡之際
有隱約男女笑聲以及鑰匙聲
妳好壞，恨不得耳朵貼進牆裡
（科技使到一切）鴉雀無聲

妳失足跌到二樓
油煙從臥房後面湧進
桌椅聲從頭頂刮過
對面大聲婆頭逗孫女的嬌聲怪語
離去時不忘把小巷拉響成再見再來的鳴奏曲
還有後面的訓兒經
妳將來的生活品質就看妳今天的努力
當然還有芳鄰的在樓梯間交換的
洗水塔化糞池之間的絮語
以及垃圾車來時的寒暄

為甚麼不說說自己家？

清淨無為
阿彌陀佛
妳微笑
纖指向
客廳對面瓦簷屋
庭前一棵綠樹正開滿了雞蛋花

（2001.11.）

出／入境
——千禧年旅遊手記

古添洪

出境北京
離開國際機場
開啟的高速公路如走動的穿廊大廳
兩面樹木又樹木高聳的綠屏風也隨車飛奔
（有人誇說其中有些樹是革命第一代所手植）
我想穿透有機的綠意看個究竟
不斷向前延伸的地面
教我說要有
耐心

轉境香港
離開國際機場
你一下子就給
湖光山色與許多離島
與在空中弧跨視野遼闊的大橋吸引住
然後在你不經意的時候
一座又一座的摩天大廈
在你面前展示著力學與現代建築
唉！簡單，來觀光吧！

入境台北

離開國際機場

我看到公路兩旁的綠方格子的稻田

不怎樣綿延中穿插一些普通的民宅與工廠

在親切地向我閒話家常

然後穿過一兩座高架橋

進入熟習的市區回家

北京有太和殿

香港有和記集團

台北有永和豆漿店

和字的意思是

五味相調甜酸苦辣口感都不錯

說文解字和紫微斗數都一樣說

至於求同存異後去找共同點

在經貿科技的後現代裡則不用我說

(2000.7.25)

北京法源寺，原名憫忠

古添洪……

桂花香給予泥土慰藉
我看到許多白骨
晶瑩而潔淨
那給月光漂白了的
一個身影背負著沈重的軀殼
軀殼駝起軟下而癱瘓
我把生命的秘密埋藏在
前庭兩塊殘碑的底下
像在夢的邊緣
我憐憫自己的執拗

一對石獅
把空間隔成兩個世界
這邊是幽靈的國度
唐朝邊疆的騷動
鎧甲戰鼓敲打著白楊蕭蕭
這邊是貧窮的回民區
我剛從拐角處吃了一碗陽春麵充飢
一扇古舊廟門開著
卻等於深鎖

我知道

心臟並不在胸的中央

而心拉長豎直時往往靠左邊

它必須等待等待什麼才完成生命的意義

我的憐憫在門內也在門外

唉，憐憫也在我這兩岸隔絕

文字不寧的心

佛相莊嚴裡花開花落

木魚聲裡業與種子流轉

皇上，主席，總統先生

滅罪消愆，我願歸於法源

（2001.10.27定稿）

附記：李敖於1999年以《北京法源寺》一歷史小說獲諾貝爾文學獎提名。購書閱讀，戚戚然不忍釋手，初結文字之緣。2000年夏，兩岸交流時停北京，遂抽空一訪此名寺，以償宿願，並為詩以書懷，年來數易其稿，終結文字之妄緣如此。

不是政治書篇

讀了你的書信
滿紙泛起了我的感動
即使把屬於我的所有憂鬱結成針線
也無法把信函重新緘封

「大清帝國割讓台灣給日本，沒有聽過我意見
中華民國推翻大清帝國，沒有聽過我意見
日本軍閥發動戰爭，沒有聽過我意見
中華民國統治台灣發生二二八事件，沒有聽過我意見」

你是用腳寫詩的人
你的腳到歷史最癢的地方走走
請你的腳到峭壁間冷濕的窯洞走走
請你的腳到窮得外褲輪著穿的山坳走走
請你的腳到戰時被凌虐的身軀走走
請你的腳到黃土高原的貧瘠上走走
請你的腳到離別叮嚀的船隻海岸走走
請你的腳到千年依舊的河洛村落走走
請你的腳到母系社會殘留的大里古國走走
請你的腳隨著它的關懷之所至感傷地走走
我現在是在建議之前要聽過你的意見

我也想抓我背部最癢的地方

眼睛抓住眼角

眼角的潮濕

超現實手法地化為一滴液體

滴滴滴滴透電腦桌面

我眼睜睜看著它

滴滴滴滴到兩岸不見牛馬浩瀚的大海

那無涯無盡無底的潛意識

如鰭如帆的側浪捲起

那黑暗的冰山一角

終得浮起

泛白

你跨越了語言

你也跨越了2.28以來歷史的傷痛

我才不及卿

詩思與文字都粗糙

結尾也只會說晚惶恐謝罪頓首

（2001.2.25）

近代英／美語觀察

古添洪……

——有感於美國強人布希總統上台轟炸伊拉克，好一個氣定神閒的平淡的 "routine mission"

無聲的木樂滲透整個宇宙
    ☐   我室內的木樂游遍了兩個黑色喇叭箱

19 世紀末以來
在農舍疏落的地球村裡
莎士比亞與米爾頓的古典文化記號
雪萊的法國浪漫與社會關懷詩篇
突然給科技與野心異化為另類的 Frankenstein
我看到一個毛茸茸的龐然怪物
歪歪倒倒步步踏碎平靜如鏡的海洋
胯下艦群不動如螞蟻

    霸權的語言
武斷的音標
蠍行佔道的書寫

風帆鼓著

像一面令旗

非洲的原始與自己黑暗的心
可以書寫成殖民模稜的記號
北美洲原住民僅留下皮膚稱為red-skin
（他們人類種性的存在被消音）
即使電力公司鋪線在加州山野發現
滅盡後孑然一身的Ishi
（啊！表妹在拿槍枝的追逐下失足在流水中消逝
無窮的寂寞與部落的記憶籠罩著我到處匿躲的歲月）
還得透過人類學家的美語發音
於是觀光區書店充斥著商業行為
原住民搜奇或研究的美語書寫

在語言核爆出瘋牛症之後
在圓明園被軍事英語下令焚燒之後
我很難想像東方柔情的紅唇
如何把它馴服到
說出而不刺傷喉核？
說出而不讓身體的細胞原質失調？
我每回在台北街頭
或者在偶爾造訪的北京環道
看到男女兒童或美麗的女人
牙牙學近代英／美語
就不免哲學家般

沈思

電腦的舊剪貼把我眼睛擦亮
e-世代啦啦隊的校園青春
把身軀切割成許多零碎局部
然後把它們成機械成波成擺動
美國成年男人的深喉嚨在擴音器裡摩擦
小朋友們的溜冰鞋在搖滾或迪斯可裡旋飛
白日纏著潛意識潛意識纏著白日
這裡是東方

無聲的木樂滲透整個宇宙
我室內的木樂游遍了兩個黑色喇叭箱

（2001.2.17）

〔附記〕　〈建議台北人的詩的遊戲〉發表於《聯合報》
〈聯合副刊〉，2001.5.4 ；〈版畫檔案／腹部扁圓的感覺〉
發表於《海鷗》24 期，2001 年夏季號；〈假如妳面對一
叢乾燥花〉發表於《中國時報》〈人間副刊〉，2001.6.9 ；
〈說一聲好險發表於〉《聯合報》〈聯合副刊〉，
2002.2.13 ；〈公寓上升成大廈的魔術〉發表於《海鷗》
24 期，2002 年春季號；〈出／入境〉發表於《中國時報》
〈人間副刊〉，2001.3.14 ；〈北京法源寺，原名憫忠〉發
表於《海鷗》25 期，2001 年秋／冬雙季號；〈不是政治
書篇〉發表於《海鷗》23 期，2001 年春季號；〈近代英

／美語觀察〉發表於《那些年，我們在台灣》（台北：人間），2001 春夏。又：某些詩題略有更改。

白　靈

簡　介

　　白靈，福建惠安人，1951年生，現任國立台北科技大學副教授。年度詩選編委，曾任台灣詩學季刊主編五年，作品曾獲中國時報敘事詩首獎、梁實秋文學獎散文首獎、中山文藝獎、國家文藝獎等十餘項。一九八五年創辦「詩的聲光」，推廣詩的另類展演型式。近年介入網路，建置個人網頁「白靈文學船」，駐站「優秀文學」，管理台灣詩學季刊網路事物，2001年開始以「杜斯·戈爾」為名發表超文本作品於新建置之「象天堂」網站。著有詩集《白靈·世紀詩選》、《後裔》、《大黃河》、《沒有一朵雲需要國界》、《妖怪的本事》、《白靈短詩選》，散文集《給夢一把梯子》、《白靈散文集》，詩論集《一首詩的誕生》、《一首詩的誘惑》、《煙火與噴泉》等。

近　況

　　於聯副網站「文學咖啡屋」完成一系列（以flash軟體）超文本作品，後輯之於「象天堂」網站；另將過往詩演錄影轉為數位化，成立「詩的聲光」網站，二者均與原有之「白靈文學船」相連（網址：http://www.ntut.edu.tw/~thchuang）。

真假之間

只有雲是真的，天空是假的
落日是假的，只有晚霞是真的
只有灰燼是真的，燃燒都是假的
永恆是假的，只有瞬間是真的
只有謊言是真的，真話皆是假的
愛是假的，恨，只有恨偏偏是真的
只有假的是真的，如果真的，皆是假的

聞慰安婦自願說

森林自願著火
好讓閃電抽亮它的鞭子

房子自動搖晃
方便地牛打哈欠

肉體自己打開傷口
因為子彈要路過

頭顱有機會掉落
全因武士刀銳利的仁慈

所有的番薯都剝光了自己
躺滿島上,說:

「來吧,歷史,踩爛我
　　讓我好好地愛你們的腳跡!」

關於慰安婦的美學說法

一支百萬小提琴慰安得了
天下多少音符

再大的博物館也慰安不了
世界一半偉大的畫家

一條牛如果幸運
不過慰安上百位廚師

一場大戰如果激烈
不過慰安幾十萬管槍炮

一座島嶼夠遠夠荒涼
不過慰安幾千塊墓碑

一雙大腿呢，如果夠強壯
總可以慰安上萬輛坦克

不論夾住，或擱淺
對恐怖的戰火，都有澆滅的貢獻

【千年之門】2001

但要自願，你有聽過博物館
是被強迫的嗎？

《台灣論》
——聞許文龍是文化人有感

歐洲醒來時，已躺在
希特勒的肩胛上
那是他用腮托住的一支
名貴的小提琴
他嘔盡心機，搓揉千萬管槍隻
打造出一支軟弓
一拉就拉動
六百萬猶太人從血泊中飄起的
音符

臺灣醒來時，早躺在
天皇裕仁的顯微鏡下
那是他悠雅的手指間
扭動的
一隻等待羽化
和彩色的小毛毛虫
他精心煽火，集百萬管大炮
熔鑄出一支尖夾
一夾，也不過夾起
幾萬個慰安婦從陰道口飄起的
小翅膀

慰安婦新解

白靈

無人會承認

腦是性的慰安婦

地球是六十億張嘴巴的慰安婦

媒體是小老百姓的慰安婦

民主是民粹

和統獨的慰安婦

「人民」二字是政客或獨夫

雙掌間的慰安婦

我們被推落在裏面

畫押，簽下乾癟的七畫

航過後，軍艦會承認海

是它的慰安婦嗎

唯有消解吞蝕不了的船骨

和怨氣，等待我們跳入浪中

定位，打撈

証據昭昭

但無人會承認

溽暑過蒲松齡舊居

你坐在那幅畫上
袖子裏藏了很多狐狸
艷陽當空
陰影都被你收集去了
夠不夠遮擋
你收伏的鬼魅

庭院四下無人
是誰搖動這株千年石榴
拳頭大一果實
紅通通冒出於我腳前
濃艷足以
抹紅一百隻狐仙
回望屋裏
一捲陰影正鑽進你的衣袖

撿起這結實的狐疑
找一個清醒的水龍頭
叼煙斗一老頭
低頭，與我錯身
「找水嗎？那兒！」「謝謝」

猛回頭
眼前竟聳起巨石雕像一尊

這世界你仍在操弄嗎
你的骨骸已當神話拆解
墳裏挖回的煙斗
鎖在玻璃櫃裏
什麼樣的夜晚你會從畫上
伸手，敲開這櫥聊齋
把百年人物捻在指間
輾轉
燒成蔓草荒煙

註：文革時期，蒲氏成為破四舊旗纛下的大敵，墓遭挖。

大戈壁

——敦煌旅次所見

一張由你經文寫就的
毯子
自你腳前向天邊
抖去
看不懂經文的一粒沙
在其中翻滾
滾向
頓悟
地平線上
果然
滾出一輪
落日
。

但我佛，這是
經書的哪一頁
你指間拈起的一瞬
僅剩落日
與我，二字
面對面
相互凝視

身高等長
中間坐著
好大的
空。

飛，不如不飛
動，不如不動
駱駝草和小石子啊
那不言不語
即將溶去的落日
就是我啊
側身於你們之間
體會冷成一句經文的
荒涼

恐怖組織

瀑布是河流的
颱風是海洋的
地震則和恐龍化石一樣
是地殼內部的
恐怖組織

小小腫瘤是身體的
不可見的愛滋是情色的
死,則和你的揮手一樣
是乍然剎住時間的
恐怖組織

迎面而來的每一分鐘
輾轉到達的每封郵件
回過身來的
每一眼神都可能
爆炸的恐怖組織

如鹽潛入海裏
字跳回辭典內
灰燼中我瘋狂翻尋

「與汝偕亡」
的黑盒子

該如何捉拿噩夢呢
懸崖般一次次倒向我的
我的恐怖
竟是我的
組織

獅頭山偶記

上山時　階梯是夏蟬一聲聲
築高的

階前老尼　微笑的眼眸
夾住了歲月

寺內　一老僧在木魚上
敲出寂靜

寺宇外　一彎彩虹
露出彌勒佛的玩心

眼前山與山　白雲排練著
雲海

一層層　遮我的迷惘
在凡間

象天堂
——關於象的可能構成

不一定向左
不一定向右
長鼻子的大象闖入電腦無緣無故
自動當了我的詩的班長

不一定向上
不一定向下
我的網頁騎上大象的鼻子
摸黑觸碰嗅聞向茫然的黑暗延長

不一定很象
不一定不象
我的詩是象跟不象爭霸互鬥的
草原，或者，荒涼

你大象的鼻子
跟我不大象或大不象的鼻子
在光纖的網路內相互打勾碰頭扔石頭或
如是我聞

全世界像不像眾象奔騰的快速天堂

夕暉不過稍遲於落日　夕夕夕夕夕歹歹歹歹歹歹歹歹殂殂殂殂殂殂殂殂

此刻且聽——　夕夕夕夕歹歹歹殂殂殂殂殂殂殂

暮鼓一記記釘住黑夜的邊　夕夕夕夕歹歹歹殂殂殂殂殂殂殂

一面聽道

一面瘋狂

工作的

紐約工人

立即以大哥大
叩應非也是怪
手一臂又一臂
挖開茫茫黑夜

眾人停止在此

——九一一事件有感

眾人停止在此　夕夕夕夕夕夕夕歹歹歹歹歹歹歹歹

火停止
　煙停止　夕夕夕夕夕夕夕歹歹歹歹歹歹歹歹歹歹
灰停止　夕夕夕夕夕夕夕夕歹歹歹歹歹歹殀殀殀殀殀殀殀
愛停止
　恨停止　夕夕夕夕夕夕夕歹歹歹歹殀殀殀殀殀殀殀殀殀
喜停止　愁停止　夕夕夕夕夕夕歹歹歹歹殀殀殀殀殀殀殀殀殀殀
在耶和華與阿拉　夕夕夕夕夕夕歹歹歹殀殀殀殀殀殀殀殀殀殀殀殀
以刀以槍爭辯千年以聖以魔將歷史炸成轟隆的灰燼聲中　殀殀殀殀殀殀殀殀殀殀殀殀殀殀殀殀殀殀殀殀
佛陀如是說：
不空不色不色不空　夕夕夕夕夕歹歹殀殀殀殀殀殀殀殀殀殀殀殀殀殀
無你無他非他非你
你是他是他非你非　夕夕夕夕夕歹歹歹殀殀殀殀殀殀殀殀殀殀殀殀殀殀

景美溪邊即景

一排欄杆站起身
抓住一雙小黃足

小黃足抓住兩隻細長腳
細長腳抓住一顆蛋形身軀
蛋形身軀抓住一管Z字頸
Z字頸伸出長長黑尖嘴
企圖刺破眼前好一片晴空
我眼中的欄杆緊張得像一支
巨大的弓弦
突地將牠射出

飛成一隻
M形的
白
鷺
鷥

國家圖書館出版品預行編目資料

千年之門：學院詩人群年度詩集.2001＝The
academic poets' circle, Taiwan ／白靈等著.
--初版.--臺北市：萬卷樓, 民91
　　面；　　　公分

　ISBN 957-739-414-0(平裝)

　831.86　　　　　　　　　　91018109

千年之門：學院詩人群年度詩集 2001

著　　　者：古添洪、白靈、江文瑜、汪啓疆、林建隆
　　　　　　洪淑苓、唐捐、陳大爲、陳慧樺、游喚、簡政珍
發　行　人：楊愛民
出　版　者：萬卷樓圖書股份有限公司
　　　　　　臺北市羅斯福路二段 41 號 6 樓之 3
　　　　　　電話(02)23216565．23952992
　　　　　　傳真(02)23944113
　　　　　　劃撥帳號 15624015
出版登記證：新聞局局版臺業字第 5655 號
網　　　址：http://www.wanjuan.com.tw
E-mail　　：wanjuan@tpts5.seed.net.tw
經銷代理：紅螞蟻圖書有限公司
　　　　　　臺北市內湖區舊宗路二段 121 巷 28 號 4F
　　　　　　電話(02)27953656(代表號)
　　　　　　傳真(02)27954100
E-mail　　：red0511@ms51.hinet.net
承印廠商：晟齊實業有限公司
定　　　價：200 元
出版日期：民國 91 年 10 月初版